LETTRES

il a paru en 1768 une édition de la 1re de ces lettres.

DE L'AUTEUR

DES

RECUEILS DE MÉDAILLES

DE ROIS, DE PEUPLES ET DE VILLES,

Imprimés en huit Volumes *in-Quarto*,

Che*z* H. L. G*UERIN* & L. F. D*ELATOUR*,
depuis 1762 ju*fqu'*en 1767.
avec des Observations et des Corrections.

A FRANCFORT,

Et fe trouve A PARIS,

Chez L. F. DELATOUR, rue Saint Jacques.

M. DCC. LXX.

Corrections & Additions.

p. 9. *lig* 18. *conservé* . *lisez* conservée.

PAGE 22. ligne 2. accroupé; *lisez*: accroupi.

Page 66. *l.* 22. flanc; *lisez*: flaon. *id.* p. 67. lig. 2 et lig. 8.

Page 72. *l.* 7. par; *lisez*: fur. p. 70. lig. 13. larges: lisez large.

Page 79. *l.* 19. quatre; *lisez*: cinq.

Page 90. *l.* 2. bouton, cette; *lisez*: bouton. Cette.

Page 93. à la fin de la derniere ligne, au lieu de por-; *lisez*: préſen-

Page 115. *l.* 21. il étoient; *lisez*: ils étoient.

Page 181. *l.* 13. remarqué ſur; *lisez*: remarqué. Sur, &c.

Ibid. *l.* 14. côté concave. Aux pieds; *lisez*: côté concave, aux pieds, &c.

Page 206. *l.* 11. du temps ou peu à près qu'elle; *lisez*: du temps, ou peu après, qu'elle.

p. 210. l. 18. medailles: ajoutez — autonomes.

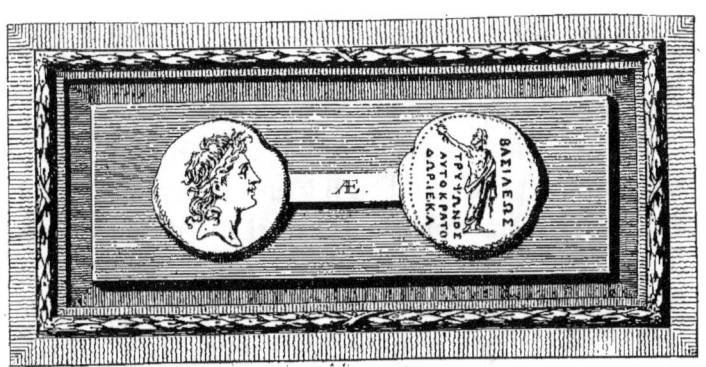

PREMIERE LETTRE

qui avoit été déjà imprimée en 1768.

De l'Auteur des Recueils de MÉDAILLES DE ROIS, DE PEUPLES ET DE VILLES.

A M***

xxxxxxxxxxxxxxxxxxxxxxxxxxxxxxxxxxxxxxxxxxx

IL est vrai, Monsieur, que je n'ai pas perdu tout-à-fait le goût des Médailles, & que, comme je vous l'ai marqué, j'en ai encore recueilli quelques-unes, mais non pas dans le dessein de les publier, ni de rien ajouter à mon dernier Supplément. La plupart m'ont été envoyées avec beaucoup d'autres soit doubles ou mauvaises, par mes correspondants en Italie & au Levant, qui ayant entre les mains des remises que je

A

leur avois faites précédemment pour ces fortes d'em-
plettes, ont mieux aimé y employer l'argent qui leur
reftoit à moi que de me le renvoyer. Le nombre de
celles que j'ai trouvées bonnes eft médiocre, & même dans ce petit nombre il y en a très-peu qui foient
auffi rares & auffi précieufes qu'il me paroît que vous
le penfez par les vives inftances que vous me faites
pour que je les publie. Quelque difpofé que je fois
à fuivre vos fages confeils & à vous obéir en tout,
je vous prierois de m'en difpenfer en cette occafion,
fi vous n'y joigniez pas d'autres demandes qui m'in-
téreffent particuliérement, & auxquelles je me trouve obligé de fatisfaire. En donnant à mon dernier
Supplément des éloges qui procedent fans doute bien
plus de votre politeffe & de votre amitié pour l'Auteur, que du mérite de l'Ouvrage, vous me faites ap-
percevoir d'une part que j'y ai avancé des faits contraires aux notions communes, & que l'on ne me
croira pas, dites-vous, fur ma parole, fi je ne les fou-
tiens point par les preuves que je dois en avoir, &
que j'ai apparemment omis de produire. Il s'agit en
cela des caracteres Phœniciens & Puniques que j'ai
dit dériver des caracteres Hébraïques ou Chaldaïques,
tandis que le plus grand nombre des Auteurs qui en
ont parlé, les font dériver des caracteres Samaritains.
Vous convenez, d'une autre part, que j'ai affez bien

fait voir que les Médailles Puniques attribuées au Roi Bocchus ne font pas de ce Prince ; mais vous trouvez en même temps que j'ai paffé trop légérement l'interprétation d'un mot de l'une de ces Médailles qui, s'il contenoit le nom de *Boccar*, favoriferoit l'interprétation que j'ai combattue. Ce font là les deux points principaux fur lefquels vous croyez que je dois m'expliquer mieux : vous y joignez quelques autres objections & queftions incidentes que je ne négligerai point dans mes réponfes qui fuivront l'expofition de mes nouvelles Médailles qu'il me femble que vous defirez voir par préférence. Vous les trouverez dans les deux premieres Planches où je les ai fait graver pour les joindre à cette Lettre. Quant aux explications, je vous les donnerai telles qu'elles font dans un porte-feuille où je les avois dépofées. Car à mefure que j'acquiers une Médaille foit inconnue foit finguliere par les types ou par la légende, je fuis dans l'ufage depuis quelque temps de mettre fur le champ par écrit fur des feuilles de papier ce que j'en penfe & ce que je puis en dire, & je jette enfuite ces feuilles dans le dépôt où je les trouve au befoin. Voici donc & les Médailles & les Explications.

Parmi celles de Rois qui me font venues en divers métaux, je n'en ai trouvé qu'une de bronze qui mérite d'être donnée par rapport aux fingularités qu'elle

contient. C'eft celle de Tryphon, Roi de Syrie, que
j'ai fait graver dans la vignette précédente. Jufqu'ici
toutes celles de ce Roi qui ont été publiées, n'ont
d'autres types au revers qu'un cafque furmonté d'une
grande corne. Le type de celle-ci repréfente Jupiter
debout tenant une couronne de la main droite, ce
qui défigne quelqu'une des victoires que Tryphon
avoit remportées fur les armées de Démétrius II.
Une autre fingularité eft le nom de la ville qui a fait
frapper la Médaille, favoir *Dora* qui y prend les titres
de ΙΕΡΑΣ & d'ΑΣΥΛΟΥ, titres qu'elle avoit obte-
tenus apparemment, foit du même Tryphon, foit de
quelqu'autre Roi de Syrie, ou d'Egypte. Elle confer-
va long-temps ces titres, comme on le voit par les
Médailles qu'elle fit frapper fous les regnes de Trajan
& d'Hadrien. Ce font les feules Impériales que l'on
connoiffe avec le nom de cette ville. Celle d'*Afcalon*
marqua auffi le fien fur les Médailles qu'elle fit frapper pour le même Roi ; mais les autres villes qui en
firent fabriquer pour lui, n'y mirent que les fymboles particuliers que chacune de ces villes avoit adop-
tés, ainfi que Vaillant l'a remarqué.

MÉDAILLES IMPÉRIALES.

TIBERE.

LA premiere Médaille de cette Planche n'a pas été publiée que je sache. Elle est de même espece & de même fabrique que beaucoup d'autres que l'on a en petit bronze d'Auguste, de Tibere & de Néron, avec leurs noms seulement sans leurs têtes, les unes ayant pour types des couronnes où, comme dans celle-ci, sont marquées les années du regne des Empereurs lorsqu'elles ont été frappées, & les autres divers symboles tels qu'un palmier, ou une branche de cet arbre, un sep de vigne, une tige de fleur, une grappe de raisin, un épi de bled, tous types qui désignent que ces Médailles, qui viennent de Syrie, appartiennent à des villes de Judée, où il étoit bien licite, suivant la loi Judaïque, de représenter ces sortes de productions de la terre, mais non des figures humaines, ni rien de profane. Cela étant je ne comprends pas comment on a pu représenter sur la Médaille en question le *Lituus*, instrument sacerdotal, qui étoit la marque distinctive des Augures, & qu'on

PLANCHE
I.
N°. 1.

trouve fur un grand nombre de Médailles des premiers Empereurs Romains qui étoient revêtus de cette efpece de Sacerdoce. Les Juifs qui voyoient ce bâton augural fur les monnoies Romaines qu'ils avoient
journellement dans les mains, ne pouvoient ignorer
fa deftination & fon ufage, & ce devoit être un facri-
lege de leur part que de le faire repréfenter eux-mêmes fur celles qu'ils faifoient frapper. D'autres ne
trouveront peut-être pas en cela autant de difficultés
que je m'en fais. Je me remets à eux de les réfoudre.
S'ils jugeoient que les habitants de la ville qui a fait
fabriquer la Médaille, avoient apparemment changé
de Religion, je leur répondrois que dans ce cas ces
Apoftats auroient pu auffi bien y repréfenter la tête
de Tibere que des marques feulement de fon Sacerdoce, & que d'ailleurs je ne vois point dans l'Hiftoire
que fous cet Empereur aucune ville de Judée eût
abandonné la Religion Judaïque pour embraffer
celle des Romains.

VITELLIUS.

N°. 2.

LA Médaille de Vitellius rapportée fous le N°. 2,
reffemble entiérement par fa fabrique & par fon type
à celle de Néron que Vaillant a publiée avec la légen-

MACEDONIA
Regio.

de MAKEΔONΩN, dont les dernieres lettres man-

quent fur celle-ci. Elle eft d'ailleurs d'une bonne
confervation, & l'on ne peut former aucun doute fur
fon antiquité. C'eft la feule Médaille Grecque de
Vitellius en moyen bronze qu'on ait vue jufqu'à préfent. On n'en connoît qu'une non plus en petit bronze citée par Vaillant, laquelle a été frappée à *Cydonia*
en Crete. En parlant, comme je fais, de Médailles
Grecques, je fais abftraction de celles fabriquées en
Egypte qui forment une claffe à part. Celles qui y
ont été frappées au nom de Vitellius, font auffi très-
rares, & même plus rares que les Médailles d'Othon.
Les caufes pour lefquelles il en a été frappé pour
eux en fi peu d'endroits éloignés d'Italie, & en fi
petite quantité, font trop connues pour que j'aie
befoin d'en parler.

TITE & DOMITIEN.

La Médaille du N°. 3, a été frappée à *Amphipolis*   N°. 3.
ville de Macédoine, comme on le voit par la légende
ΑΜΦΙΠΟΛΙΤΩΝ qui eft au-deffous du type com-   *AMPHIPOLIS*
mun d'Europe enlevée par Jupiter fous la figure d'un   *in Macedonia.*
taureau. Sur l'autre face Tite & Domitien en habits
militaires font repréfentés debout en regard, portant
chacun une main à une haute colonne intermédiaire,
fur le fommet de laquelle eft pofé un aigle. Ce type-

ci n'eſt pas ordinaire , & j'ignore s'il ſe trouve ſur quelqu'autre monument ancien. Comme l'aigle étoit chez les Romains le ſymbole de la puiſſance ſouveraine , & même de la divinité dans leurs armées, où il étoit repréſenté ſur les enſeignes militaires , & révéré en quelque ſorte d'un culte religieux par les ſoldats, j'eſtime que ce type de Tite & de Domitien tenant enſemble la colonne ſurmontée de l'aigle Romaine eſt une eſpece d'emblême par laquelle les Amphipolitains ont voulu marquer que ces deux Princes étoient l'appui & le ſoutien de l'Empire.

COMMODE.

_CELENDERIS
in Cilicia._

N°. 4.

La Médaille de Commode frappée à _Celenderis_ que préſente le N°. 4, m'a paru mériter d'être donnée , parce que Vaillant n'en avoit connu qu'une ſeule Impériale de cette ville. Encore n'étoit-elle pas bien conſervé ſelon les apparences; car il y a lu KEΛENΔPENΩN , & la légende devoit être KEΛENΔEPITΩN , le nom de la ville en queſtion étant écrit _Celenderis_ dans tous les Auteurs qui en ont parlé , & ſur la Médaille autonome que j'en ai rapporté (*) P. II, Pl. LXXIII, N°. 15. Le type de Nep-

(*) Cette Lettre P. avec les N°. I, II, III, indique le premier, ſecond & troiſieme Volumes de l'Ouvrage intitulé : _Recueil de Médailles de Peuples & de Villes._

tune

tune qui eſt repréſenté au revers de celle-ci , fait voir que cette ville étoit maritime. Strabon dit en effet qu'elle avoit un port. Elle avoit donné ſon nom à une contrée particuliere de la Cilicie où elle étoit ſituée.

PLANCHE I.

M A C R I N.

LES Médailles que l'on a de la ville de *Damas* en grand nombre repréſentent pluſieurs temples de ſtructure différente. Suivant ce qu'en ont rapporté les anciens Hiſtoriens, il y en avoit une quantité conſidérable, & l'Empereur Julien l'Apoſtat qui parle avec admiration de la beauté & de la magnificence de cette ville dans une de ſes lettres à Sérapion, fait mention particuliérement de leur grandeur. Ceux qui ſont repréſentés ſur la Médaille de Macrin que je donne ici ſous le N°. 5, ne ſont point de cette eſpece. On y en voit deux qui paroiſſent être l'un au-deſſus de l'autre. A l'un des côtés eſt un autel au pied d'un large eſcalier qui eſt en dehors, & par lequel on montoit au temple ſupérieur. A l'autre côté ſont des arbres & une portion de montagne à laquelle ces deux temples ſont adhérents. On ne doit pas croire qu'ils fuſſent dans la ville , quoique ſon nom ſoit inſcrit ſur la Médaille ; car elle étoit ſituée dans une plaine & toute remplie de

DAMASCUS
in Cœle-Syria.

N°. 5.

B

canaux qui s'étendoient dans une infinité de jardins où en même temps qu'ils en faifoient l'ornement, & en rendoient le féjour délicieux, ils fervoient à les arrofer, & à y procurer une fertilité merveilleufe. Cela fuppofe que tout l'efpace que la ville occupoit, étoit uni & non montagneux; mais peu loin de fes murs aboutiffoient des collines de la montagne appellée *Hermon*, fur quelqu'une defquelles les temples en queftion avoient été édifiés vraifemblablement, & ce qui le fait juger, c'eft qu'il n'y a pas long-temps que des voyageurs y ont remarqué des hermitages qui font habités & deffervis par des Derviches. De-là il y a lieu d'inférer que la Médaille dont il s'agit, a pu être frappée à l'occafion d'une fête & d'un facrifice folemnel que les habitants de Damas firent célébrer dans ces temples en l'honneur de Macrin qu'ils avoient reconnu pour Empereur après la mort de Caracalla.

SELEUCIA
in Syria.
N°. 6.

La Médaille préfentée fous le N°. 6, eft auffi de Macrin, & a pour type au revers un enfant couché fur un lit en forme de fiege, & trois figures de femmes qui l'entourent en danfant, & qui tiennent chacune au-deffus de lui une efpece de tambour d'une main, & une baguette de l'autre main. Au-deffous on lit CEΛEΥKEΩN, & au-deffus du côté droit font les lettres AΥ. & du côté gauche K. A.

Cette Médaille exige des éclairciffements tant fur le
type qu'elle contient & fur la ville qui l'a fait frapper, que fur les lettres A Υ. & K. A. qui accompa-
gnent fon nom.

Il n'eft pas douteux que le type ne repréfente un
trait de la Fable concernant la naiffance de Jupiter.
Je me difpenfe de la rapporter en entier, parce qu'elle eft fue de tout le monde. J'obferve feulement que
tous les Auteurs qui la racontent, difent que les
Curetes, ou Corybantes, auxquels Rhéa avoit
remis cet enfant auffi-tôt après fes couches, étoient
des hommes habillés en femmes, qui par le bruit
qu'ils faifoient en danfant & en battant du tambour,
empêchoient que Saturne ne l'entendit crier, & ne
vînt le dévorer comme il avoit dévoré les autres enfants mâles qui lui étoient nés auparavant. Mais les
trois figures qui font repréfentées fur cette Médaille
paroiffent, à leur fein à demi-découvert, être des
femmes & non des hommes. Il étoit tout naturel en
effet que des femmes plutôt que des hommes euffent foin d'un enfant qui venoit de naître, & les
femmes des Curetes pouvoient auffi bien que leurs
maris être chargées d'un pareil miniftere. Il ne faut
pas être étonné que notre Médaille ne s'accorde
point fur cela avec ce qu'en difent les anciens
Ecrivains. Dans le récit que fait Strabon des fonc-

tions qu'ils attribuoient aux Curetes en ce qui regardoit l'éducation de Jupiter en Crete, & les facrifices qui fe célébroient en Phrygie & fur le mont
Ida de la Troade en l'honneur de la mere des Dieux,
cet Auteur judicieux fait entendre qu'on ne doit pas
s'en rapporter à leurs difcours, tant ils étoient peu
d'accord entr'eux à cet égard. Τοσαύτη, dit-il, ἐςὶν ἐν
τοῖς λόγοις τούτοις ποικιλία.

Je ne connois que trois Médailles où les mêmes
circonftances de la naiffance de Jupiter foient repréfentées, favoir, deux de Caracalla frappées à *Laodicée* en Phrygie, & la troifieme de Trébonien-Galle
frappée pareillement en Phrygie dans la ville d'*Apamée*. Suivant la defcription que Vaillant en donne,
la préfente Médaille differe de celles-là non-feulement en ce qu'elles repréfentent Jupiter dans les
bras de fa mere accompagnée des Curetes battant le
tambour, au nombre de quatre dans l'une, & de
trois dans les deux autres, mais encore en ce que
celle-ci eft d'une des villes qui portoient le nom de
Séleucie. On conçoit aifément que le culte de Jupiter enfant a pu être porté à *Laodicée* & à *Apamée*
par les Curetes qui, comme le dit Strabon, étoient
les Miniftres des cérémonies les plus fecretes du culte
qui étoit rendu dans toute la Phrygie à la déeffe
Rhéa fous le nom le plus ordinaire de Cybele & de

mere des Dieux. On ne trouve point qu'ils l'ayent
porté de même dans aucune des villes du nom de
Séleucie , & il n'y en avoit point de ce nom en Phrygie. Il y a tout lieu de juger que c'eſt à *Séleucie* de
Syrie que cette Médaille a été frappée. Si l'on ne peut
le reconnoître à ſa fabrique , parce qu'elle n'eſt pas
d'une belle conſervation, on peut du moins l'inférer
des obſervations ſuivantes.

Macrin demeura à Antioche pendant la plus grande partie de ſon regne qui ne fut que de quatorze
mois, & l'on a des Médailles de la plupart des villes
de Syrie qui en frapperent en ſon nom. Il n'eſt pas à
préſumer que *Séleucie* qui étoit peu éloignée d'*Antioche* , ne lui ait pas rendu les mêmes devoirs que
toutes les autres villes qui l'avoient reconnu pour
Empereur.

Jupiter étoit la divinité principale & tutélaire de
la ville de Séleucie, dont les Médailles font voir
qu'il y étoit révéré ſous pluſieurs formes, ſavoir,
ſous celle du foudre qui étoit ſon ſymbole propre
& diſtinctif, & ſous celle d'une groſſe pierre repré-
ſentant le mont *Caſius* où il avoit un temple à peu
de diſtance de la ville, qui delà lui donnoit le ſurnom de *Caſius.* Il y a auſſi des Médailles ſur leſquelles elle l'a fait repréſenter aſſis avec le foudre
en la main. De ce qu'elle lui rendoit un culte de

PLANCHE
I.

tant de manieres différentes, il eſt probable qu'elle a pu le révérer auſſi ſous le type que contient notre Médaille.

Mais ce qui montre mieux que tout le reſte qu'elle eſt effectivement de cette ville, ce ſont les lettres A Υ. & K. A. qui jointes à ſon nom doivent être lues Ἀυτονόμου Καὶ Ἀσύλου, & marquent par conſéquent qu'elle jouiſſoit du droit d'autonomie & de celui d'aſyle. Il eſt vrai qu'elle ne ſe donne point ces deux mêmes titres ſur ſes autres Médailles : on en connoît ſeulement deux qui ont été publiées par Vaillant, l'une d'Auguſte & l'autre de Caracalla, ſur leſquelles elle a pris ceux de ΙΕΡΑΣ & d'ΑΥΤΟΝΟΜΟΥ, ce qui ſuffit pour faire voir que l'autonomie qu'elle avoit ſous Caracalla lui fut confirmée par Macrin qui, ſuivant les apparences, lui donna auſſi le droit d'aſyle. On ſait que ces ſortes de droits ou privileges étoient quelquefois changés, ôtés, & rendus aux villes par les Empereurs ſelon les circonſtances & ſelon qu'elles étoient en état de ſe les procurer par des donations ou par d'autres moyens. D'ailleurs elles ne faiſoient pas toujours mention ſur leurs monnoies de tous ceux dont elles jouiſſoient.

Outre la ville de *Séleucie* de Syrie on ne connoît point de Médailles impériales d'aucune autre ville de ce nom; ſi ce n'eſt de celle qui étoit ſituée en

Cilicie fur le fleuve *Calycadnus*, laquelle ne s'eſt
jamais qualifiée d'autonome. Vaillant qui dans un Chapitre particulier a marqué le nom des villes qui avoient pris le titre d'autonomes ſur leurs Médailles, en a oublié pluſieurs qui y manquent, comme je l'ai déja obſervé. La ville de Séleucie de Syrie doit y être auſſi ajoutée.

ÉLAGABALE.

Le P. Frœlich a rapporté dans ſes *Quatuor Ten-tamina* (Ouvrage précieux, & généralement eſtimé comme il le mérite) une Médaille en petit bronze de Commode frappée à *Pella* ville de Syrie qui
étoit ſituée dans la Décapole au-delà du Jourdain, où des Grecs, ſoit en la bâtiſſant, ſoit en l'agran-diſſant ſeulement du temps des rois Séleucides, lui avoient donné le nom de *Pella* en mémoire de la ville de même nom qui étoit en Macédoine. Il regardoit cette Médaille comme unique, & elle l'étoit alors effectivement ; parce qu'on n'en avoit point encore vu d'autres de cette ville. Comme il m'en eſt venu une différente de celle-là, j'ai eſti-mé à propos de la donner ici ſous le N°. 7. Elle n'a pas tout le mérite de celle du P. Frœlich, parce qu'elle ne contient point d'époque comme la ſienne.

Mais elle eſt de moyen bronze, & d'un autre Empereur, ſavoir d'Elagabale. Elle differe auſſi par le type du revers qui repréſente un temple à quatre colonnes, au milieu duquel eſt une figure debout ſans qu'on puiſſe bien reconnoître ce qu'elle repréſente, non plus qu'on ne ſait pas ce que c'eſt que l'homme qui ſur la Médaille du P. Frœlich eſt repréſenté tenant d'une main une patere, & s'appuyant de l'autre main ſur un bâton. Je n'ai rien à dire ſur cela, ſinon que l'on n'eſt pas encore parvenu à bien diſtinguer tout ce qui différencioit les diverſes divinités dont le culte étoit établi dans les villes de Syrie, de Phœnicie & de Paleſtine.

Les Médailles que l'on a de la colonie de *Sidon* avec la tête d'Elagabale, ſont très-nombreuſes, & leurs types extrêmement variés. Je n'en ai point encore vu aucun qui reſſemble à celui que préſente la

Médaille du Nº. 8. Le petit char d'Aſtarte qui eſt dans le champ ne forme point de difficulté : il n'en eſt pas de même de la femme qui eſt repréſentée debout tenant un enfant ſur ſon bras gauche, & portant ſa main droite ſur un animal qui marche devant elle, & qui à ſon encolure & à ſes oreilles longues & larges, ſemble être un âne : s'il y a dans l'hiſtoire ou dans la fable quelque trait qui ait rapport à ce type, je ne me le rappelle pas. J'en laiſſe

l'explication

l'explication à ceux qui pourront la donner.

PHILIPPE le pere.

Q<small>UOIQUE</small> la Médaille de l'Empereur Philippe que préfente le N°. 9, ne foit pas d'une belle confervation, je ne laiffe pas de la rapporter, tant parce que l'on n'en trouve gueres en grand bronze de la colonie de Céfarée de Paleftine où celle-ci a été frappée, que parce que Vaillant n'en a publié aucune avec le type qui y eft repréfenté au revers. On y voit la figure de Rome fous l'image de Pallas, laquelle eft affife & préfente une victoire à l'Empereur qui eft debout vis-à-vis d'elle & lui offre, comme à une divinité, un facrifice fur un autel pofé entre eux deux. Cette Médaille a été frappée vraifemblablement à l'occafion de quelque expédition que Philippe fe difpofoit à entreprendre. Le type qu'elle contient en préfageoit un heureux fuccès. L'artifte monétaire qui l'a gravée y a écrit par méprife PHILIPPIVS au lieu de PHILIPPVS. On reconnoît à fa fabrique qu'elle eft du temps & du pays où elle a été frappée.

N°. 9.

*CÆSAREA
in Palæftina.*

C

MÉDAILLES DE VILLES.

TARAS vel TARENTUM in Italia.

PLANCHE
II.
Nº. 1. JE ne donne la Médaille de *Tarente* préfentée
fous le Nº. 1 , que parce qu'en général les Médailles de villes en or font fort rares , & que je ne
trouve point qu'il en ait été publié jufqu'ici aucune de *Tarente* avec le type que celle-ci contient.
Au revers de la tête d'Hercule jeune qui y eft repréfentée , on voit un homme nu fur un char tiré
par deux chevaux dont il tient les rênes d'une main
avec un fouet dans l'autre main. Ce type défigne
évidemment une victoire remportée à la courfe de
chevaux attelés à un char ; mais rien ne défigne fi
c'étoit à des jeux publics & folemnels qui avoient
été repréfentés à *Tarente* même , ou à quelqu'un des
quatre jeux appellés *Sacrés* , qui fe célébroient en
différents temps dans la Grece. On fait quelle étoit
la vanité des villes qui regardoient comme un fujet de gloire pour elles qu'un de leurs citoyens
eût gagné le prix dans ces jeux ; qu'elles lui rendoient les plus grands honneurs à fon retour chez

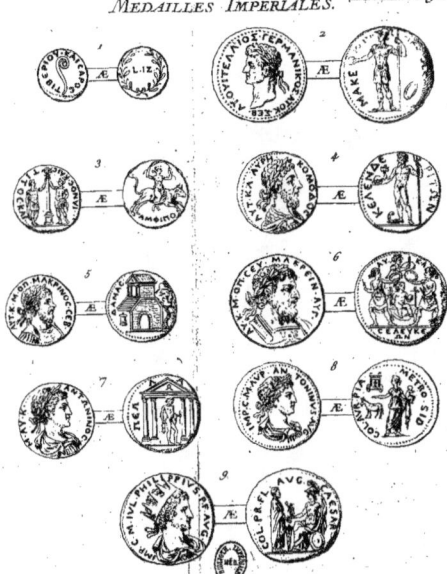

lui, & qu'elles faisoient représenter quelquefois ces sortes de victoires sur leurs monnoies. Il y avoit des Rois même qui se glorifioient de ce que leurs chevaux en avoient remporté de cette espece, comme on le voit tant dans le récit pompeux qu'en ont fait des Poëtes & des Historiens, que par des Médailles semblables qu'ils avoient fait frapper à ces occasions.

Sur celle en question il y a deux monogrammes, dont l'un est au-dessus des chevaux & l'autre au-dessous. Je ne crois point abuser du droit que les Antiquaires se sont attribué de débiter des conjectures, si je dis que ces deux monogrammes désignent vraisemblablement le nom de celui qui conduit le char, & un titre qui lui convenoit. Il pouvoit être appellé d'un nom qui commençât par un *Alpha* & un *Rho*, caracteres dont est composé le premier monogramme. Le second contient les lettres NIK. premieres de NIKHTHΣ ou NIKATΩP. *victorieux*, titre qui lui étoit dévolu par la victoire qu'il avoit remportée. Onappelloit *Hieronices* ceux qui avoient gagné le prix aux jeux sacrés.

BUTONTUM in Italia.

L A Médaille présentée sous le N°. 2, a pour lé-

C ij

N°. 2.

gende BΥΤΟΝΤΙΝΩΝ. Il n'en a été publié jufqu'à préfent aucune de ces peuples qui avoient une ville de leur nom, laquelle fubfifte encore aujourd'hui fous le nom de *Bitonto*. C'eft depuis long-temps une ville Epifcopale fuffragante de *Bari* Métropole. M. Mazocchi en avoit une Médaille différente de celle-ci qu'il fe propofoit de donner, comme il l'a marqué en 1754, dans fes Commentaires fur les villes de la grande Grece; mais je ne trouve point qu'il l'ait publiée depuis. Le type de celle que je donne ici, confifte en un épi qui défigne que le terroir de cette ville étoit fertile en bled. On affure qu'en effet elle eft fituée dans une belle plaine, ce qui ne s'accorde pas avec le témoignage de Martial qui, fuivant ce qu'il en dit en deux diverfes épigrammes, femble vouloir faire entendre que c'étoit un lieu fauvage & fort défagréable.

U R S E N T U M. Orfo.

No. 3. A l'occafion de la précédente Médaille je me fuis rappellé celle que j'ai rapportée Sup. II. Pl. I. No. 9, laquelle a pour légende ΟΡΣΑΝΤΙΝΩΝ. Je la regardois alors comme incertaine. Mais à préfent je crois ne pas trop hazarder en difant qu'elle eft des peuples que Pline appelle *Urfentini*, & qu'il place en Lucanie à peu de diftance de ceux qui habitoient la *Siritide*. C'eft dans cette contrée pré-

cifément qu'eft fituée la ville qui porte aujourd'hui le nom d'*Orfo*. Aucun Auteur ancien n'a parlé de cette ville, qui devoit être appellé *Urfentum* en latin fuivant le nom que Pline donne à fes habitants, & ΟΡΣΑΣ en grec fuivant la légende de la Médaille. La ville de *Tarente* étoit appellé de même *Tarentum* par les Latins, & ΤΑΡΑΣ par les Grecs. J'eftime par conféquent que cette Médaille doit être référée à la ville d'*Orfo*, d'autant plus que par fa forme & par fa fabrique elle reffemble à des Médailles de plufieurs autres villes du même pays.

N E T U M in Sicilia.

PARMI toutes les Médailles de l'ifle de Sicile qui ont été publiées, on n'en trouve qu'une de l'ancienne ville de *Netum* appellée aujourd'hui *Noto*. On ne la lui a attribuée felon les apparences que pour ne pas laiffer à l'écart une ville auffi confidérable fans la mettre au nombre des autres villes de cette ifle dont on avoit des Médailles; car celle-là, à en juger par le deffein qui en a été donné, paroît plus que douteufe aux yeux des Connoiffeurs. Sur un des deux côtés Hercule eft repréfenté à mi-

corps tenant une maffue fur fon épaule : fur l'autre
côté on voit un lion accroupé qui tient une autre
maffue de la même maniere, & dans le champ au
lieu de légende il n'y a que les deux lettres NE
liées enfemble. Quand même elle feroit véritablement antique, il ne s'enfuivroit point que les types & le monogramme qu'elle contient défignaffent
la ville en queftion. Le hazard m'en a procuré une
fur laquelle on ne peut former aucun doute. Je
la donne ici fous le Nº. 4. La légende NEHTΩN
qu'on y lit marque expreffément le nom de la ville
qui étoit appellée Νεητον en grec & par contraction
Νητον, d'où procéda fon nom latin *Netum*. Comme
elle eft fituée dans une grande plaine très-fertile, il
eft tout naturel qu'elle ait employé fur fes monnoies
les types qui fe voyent fur cette Médaille-ci, favoir
la déeffe Cérès & la figure d'un bœuf debout, qui
font des fymboles de fertilité & d'abondance. La
plaine à laquelle elle a donné fon nom, & dont
elle eft la Capitale, s'appelle à préfent *Val di Noto*,
& c'eft l'une des trois provinces qui fous le nom de
Vallées partagent la Sicile. Anciennement cette
ville étoit fituée fur une montagne vers le promon-
toire *Pachynum*, appellé aujourd'hui *Capo di Noto*.
Ducetius, Roi de Syracufe, qui en étoit originaire,
en fit paffer les habitants dans la plaine, où pour

leur bien être il en bâtit une autre fous ce même
nom de Nεητον. Je n'ai rien à ajouter fi ce n'eft qu'une
ville auffi renommée dans l'hiftoire ancienne méritoit bien d'être connue auffi par les Médailles.

R H O D U S. *Infula.*

LA Médaille que je préfente fous le N°. 5, doit
fervir à faire connoître qu'une Médaille femblable qui
a été publiée par Seguin , Hardouin, Perizonius
& Vaillant a été mal lue, & que c'eft par conféquent en pure perte qu'ils fe font exercés à en donner diverfes explications.Ils y ont tous lu ΚΛΑΥΔΙΟΥ.
ΥΠΕΡΙΩΝ. ΣΕΒΑΣΤΟΥ. Les uns n'ont fait qu'un
feul mot de ΥΠΕΡ. qui eft fur un des côtés autour
de la tête, & de ΙΩΝ. qu'ils ont cru voir de l'autre côté ; ils ont jugé que ce mot de ΥΠΕΡΙΩΝ ,
qui ne fe trouve dans aucun des Auteurs grecs, fi
ce n'eft dans Homere qui en a fait un nom du
Soleil , étoit relatif à la figure de ce dieu qui eft
repréfenté fur l'autre face au milieu de la Médaille
pofant une couronne fur un trophée, & que la
tête tourelée repréfentoit foit Hyperion ou le Soleil, foit Agrippine femme de l'Empereur Claude.
Le P. Hardouin de fa part ne trouvant pas avec
raifon que le nom du Soleil pût avoir été placé entre

N°. 5.

ΚΛΑΥΔΙΟΥ. & ΣΕΒΑΣΤΟΥ , a eſtimé qu'on devoit lire ΚΛΑΥΔΙΟΥ ΥΠΕΡασπιςου ΙΩΝων ΣΕΒΑ-
ΣΤΟΥ. qu'il a rendu par *Claudii propugnatoris
Ionum Auguſti* , & il a pris la tête tourelée pour
le ſymbole de l'Ionie.

Je n'ai point vu cette Médaille , qui du cabinet
de M. Seguin a paſſé dans celui du Roi ; mais je
ſuis perſuadé que toute belle qu'on dit qu'elle eſt ,
la légende doit être abſolument défectueuſe ſoit par
accident , ſoit qu'elle ait été retouchée par quelqu'un qui n'avoit pas ſu la bien lire. J'en dis autant
de celle que le Baron de Spanheim dit avoir vue
dans le cabinet du grand Duc avec la légende
ΡΩΔΙΟΙ. ΥΠΕΡΙΟΝΙ. ΑΝ. Quoique la mienne ait
été maltraitée par la rouille & par le frottement ,
on lit diſtinctement ſur une des deux faces ΡΩΔΙΟΙ.
ΥΠΕΡ. ΤΩΝ. ΣΕΒΑΣΤΩΝ , & ſur l'autre face
ΔΙΔΡΑΧΜΟΝ. Les deux types y ſont également
apparents & d'une bonne conſervation , de ſorte
qu'il ne doit plus reſter aucun doute que cette Médaille & les autres ſemblables qui ont été publiées ,
n'aient été frappées par les Rhodiens en l'honneur
de Marc-Aurele & de Lucius Verus , leſquels furent les deux premiers Empereurs qui régnerent
conjointement. Elles déſignent les victoires qui
avoient été remportées par les armées Romaines ſur

les

les Arméniens, fur les Parthes & fur les Medes,
pour lefquelles ces deux Auguftes avoient triomphé
en même temps, ainfi que l'ont fait voir deux Médailles en grand bronze de ma collection, où ils
font repréfentés enfemble fur un char de triomphe
avec la tête de chacun d'eux de l'autre côté, & une
légende autour qui leur donne les titres d'*Arme-
niacus*, de *Parthicus* & de *Medicus* : fur quoi M.
l'Abbé Belley a lu à l'Académie une Differtation
remplie de recherches qui font également curieufes
& favantes. Il y a tout lieu de préfumer que les
Rhodiens avoient eu quelque part à ces victoires
foit par les troupes, foit par les vaiffeaux & autres
fecours qu'ils avoient fournis aux armées Romaines,
& que c'eft pour cela qu'ils firent frapper non-feulement les Médailles de bronze en queftion, mais
auffi celles que l'on a en argent avec les têtes de
Marc-Aurele, de Fauftine fa femme, de Lucius
Verus & de Lucille, dont les unes ont pour légende au revers ΥΠΕΡ. ΝΙΚΗΣ. ΡΩΜΑΙΩΝ & ΥΠΕΡ.
ΝΙΚΗΣ. ΣΕΒΑΣΤΩΝ, & les autres ΥΠΕΡ. ΝΙΚΗΣ.
ΚΥΡΙΩΝ. ΣΕϐαςων. Les Antiquaires qui les ont publiées, ont dit que l'on ne favoit point quelle étoit
la ville Grecque qui les a fait frapper. L'uniformité
qu'il y a entre les légendes des unes & des autres,
le fait préfentement affez connoître. Si le mot de

D

ΝΙΚΗΣ. n'eſt pas ſur celles de bronze, comme ſur celles d'argent, il y eſt ſuppléé par le type du trophée qui n'eſt employé que pour marquer des victoires. Quant à la tête tourelée, il eſt évident que ce n'eſt point celle du Soleil, ni celle d'une Impératrice, mais le ſymbole ordinaire d'une ville fortifiée, telle que l'étoit la ville de *Rhodes* qui a fait fabriquer ces Médailles avec la figure du Soleil qui étoit ſa divinité tutélaire.

Cette ville marquoit par le mot ΔΙΔΡΑΧΜΟΝ la valeur des Médailles qu'elle faiſoit frapper pour les Empereurs en grand bronze, comme le ſont celles-ci. On en a de cette ſorte avec les têtes de Néron, de Nerva & de Trajan. Depuis le regne de Marc-Aurele on ne trouve point que les Rhodiens aient fait battre des monnoies au nom des Empereurs. J'en ai pourtant rapporté une de Caracalla qui lui a été attribuée parce qu'il n'y a pour légende que ΑΝΤΩΝΙΝΟC. ΚΑΙCΑΡ. autour de la tête; mais cette tête reſſemble plus à Marc-Aurele jeune qu'à Caracalla, & l'on a bien pu avoir frappé pour Marc-Aurele des Médailles avec la ſimple légende ΑΝΤΟ-ΝΙΝΟC. ΚΑΙCΑΡ. quand après ſon adoption il prit le nom d'Antonin qui n'eſt employé ordinairement que comme ſurnom ſur ſes autres Médailles. Au reſte il n'eſt rien marqué dans l'hiſtoire ancienne, que je

MEDAILLES DE PEUPLES ET DE VILLES.

fache, à quoi l'on puiffe attribuer la caufe pour laquelle les Rhodiens n'ont plus fait battre de mon- PLANCHE
II.
noies au nom des Empereurs depuis le regne de
Marc-Aurele. Elle nous apprend feulement que
l'ifle de *Rhodes* fut mife nommément au nombre
des Provinces auxquelles Vefpafien ôta la liberté &
l'exemption des tributs que Néron leur avoit con-
cédées. On peut penfer que ces franchifes avoient
été rendues aux Rhodiens par Nerva & Trajan & par
Marc-Aurele, & qu'ils en avoient été privés de nouveau dans la fuite. Mais les autres villes Grecques
qui étoient affujetties aux impôts, ne cefferent pas
pour cela de faire frapper des Médailles pour les
Empereurs jufqu'au regne de Gallien. Ainfi il faut
que ce foit pour quelqu'autre raifon, qui m'eft inconnue, que la ville de *Rhodes* en ait ufé autrement.

Ce font-là, Monfieur, toutes les Médailles tant
bonnes que médiocres qui me font venues depuis
que j'ai donné mon dernier Supplément. Je foumets
à votre jugement les remarques ou explications que
j'y ai jointes.

JE VIENS préfentement à l'article de votre Lettre
qui concerne les caraĉteres Phœniciens que j'ai dit
dériver des caraĉteres Hébraïques ou Chaldaïques

de même valeur , fur quoi vous ne trouvez pas que
la comparaifon que j'ai faite feulement du *Schin*
Phœnicien & du *Schin* Punique avec le *Schin* Hébraïque , foit fuffifante pour autorifer mon opinion ,
qui eft oppofée au fentiment du grand nombre d'Auteurs qui ont jugé que les caracteres Phœniciens
procédoient des caracteres Samaritains. Je commence par vous répondre qu'il y en a auffi quelques-uns
qui, comme le Baron de Spanheim, les font dériver
des caracteres Hébraïques , & que d'ailleurs je ne fuis
point fur cela en contradiction avec les autres autant que vous le penfez. Je n'ai parlé que de quelques caracteres feulement, & eux ont eu pour objet
tous les anciens caracteres tels qu'ils avoient été portés en Grece par Cadmus près de 1500 ans avant
J. C. Il paroît en effet par ceux qui font fur les plus
anciennes Médailles Grecques & dans quelques infcriptions , que ces caracteres reffemblent affez en
général à l'écriture Samaritaine. Mais il faut diftinguer les temps , & obferver que les Médailles
Phœniciennes que nous trouvons, font d'un temps
bien poftérieur. On n'en a point qui aient été fabriquées antérieurement au regne d'Alexandre le Grand,
fi ce n'eft quelques Médailles en argent & en
bronze qui paroiffent être des Rois de Perfe qui poffédoient auparavant l'Egypte & la Syrie , fur lef-

quelles on voit des caractères Phœniciens. Elles ne
peuvent être d'un temps plus éloigné que 340 à 350
ans avant J. C. On conçoit aisément combien l'é-
criture Phœnicienne a dû changer dans un espace
de plus de onze cent ans. Comme les Grecs varierent
la forme de leurs premieres Lettres & en augmen-
terent le nombre, les Phœniciens firent aussi des
changements dans leur écriture ; & leurs Médailles
font voir que non-seulement dans les caractères Samaritains qu'ils conserverent, il y en a plusieurs dont
ils avoient altéré la figure, mais qu'ils en avoient
aussi d'autres qui n'ont aucun rapport à l'écriture
Samaritaine, & qui, suivant toutes les apparences,
ont été pris des caractères Chaldaïques ou Assyriens,
lesquels furent appellés ensuite Hébraïques de ce
que les Juifs n'en employerent plus d'autres dans
leur écriture depuis l'année 536. avant J. C. qu'ils
revinrent de leur captivité à Babylone où ils avoient
oublié leur langue. Les Phœniciens purent bien
prendre alors des caractères Chaldaïques de la nouvelle écriture des Juifs, ou plutôt ils en avoient
déja pris long-temps auparavant de celle des Assyriens
qui, sous le regne de David plus de mille ans avant
J. C. s'étoient joints aux habitants de *Tyr* & aux Pf. LXXXII.
autres ennemis du peuple de Dieu pour lui faire la
guerre. Environ 300 ans après, sous le regne de

Salmanafar Roi d'Affyrie, d'autres Affyriens & Chaldéens occuperent les terres des dix Tribus d'Ifraël. Ces peuples fe trouvant alors voifins des Phœniciens & Idolâtres comme eux, les uns & les autres dûrent naturellement fe fréquenter & former des liaifons enfemble, d'où il fera arrivé que les deux peuples dans la fuite fe feront communiqués réciproquement leurs ufages, leurs langues & leur écriture. Quoi qu'il en foit, il paroît évident que les caracteres que j'ai dit provenir de l'écriture Chaldaïque ou Hébraïque ont effectivement cette origine, & je compte que par l'analyfe que je vais vous expofer de ces caracteres, & de quelques autres en même temps en les comparant aux caracteres Hébraïques, Samaritains, & Grecs anciens, vous reconnoîtrez que mon opinion en cela n'eft pas fans fondement. J'ai fait graver à cet effet dans la IIIe Planche ceux fur lefquels je me reftrains à faire des obfervations. Les N^{os}. que je marque ici indiquent les caracteres notés des mêmes N^{os}. dans la Planche.

PLANCHE III.

N°s. 1, 2, 3. Sous les N°s. 1, 2 & 3 font figurés trois *Aleph* Samaritains de la plus ancienne forme. Les deux premiers ont fervi à former l'*Aleph* Phœnicien préfenté fous le N°. 4. Avant que de dire comment les Phœniciens l'ont figuré de cette maniere, je

N°. 4.

dois obferver qu'en prenant leurs lettres foit de
l'écriture Samaritaine, foit de l'écriture Chaldaïque
ou Hébraïque, lorfque ces lettres étoient compofées
d'une ligne perpendiculaire furmontée par des traits
foit horizontaux, foit courbes ou circulaires qui
en formoient la tête, ils tranfportoient ces traits
au milieu de la ligne perpendiculaire. Delà les deux
traverfes horizontales de l'*Aleph* Samaritain fe trouvent jointes par un bout au milieu de l'*Aleph* Phœnicien, & y forment en s'élargiffant un angle qui
eft ouvert à l'autre bout. Les Carthaginois ont figuré leur *Aleph* de la même façon, comme on le
voit fur plufieurs Médailles Puniques. Je ne donne
fous le N°. 5, le même *Aleph* incliné ou couché
que pour obferver en même temps que l'on a beaucoup de Médailles Phœniciennes où tous les caracteres qui en compofent les légendes font pareillement inclinés. Tels étoit la maniere bifarre dont
les Artiftes formoient fouvent leur écriture.

PLANCHE
III.

N°. 5.

Nota. Les caracteres N°ˢ. 1, 2 & 3, fe voient fur les Médailles
Samaritaines que l'on a en argent & en bronze. Quant à
l'*Aleph* Phœnicien & Punique des N°ˢ. 4 & 5. la forme en eft
fi connue, & on le trouve fur un fi grand nombre de Médailles qu'il feroit fuperflu de citer ici celles où il fe rencontre.

L'ancien *Koph* Samaritain N°. 6. ne diffère pas
beaucoup du *Koph* Hébraïque N°. 7. C'eft de l'un

N°ˢ. 6 & 7.

ou de l'autre que les Phœniciens ont formé leurs *Koph* rapportés fous les N°s. 8 & 9. Ils ont fuivi dans la formation de ces caracteres le même procédé qu'ils ont tenu dans la formation de leur *Aleph* ; mais comme le *Koph* Samaritain & le *Koph* Hébraïque ont la tête fermée d'un côté par une ligne fémi-circulaire, ils ont fermé pareillement les deux traverfes de leurs *Koph* par une ligne inclinée dans les uns & par une ligne courbe dans les autres. Voilà ce qui conftitue effentiellement la différence qu'il y a entre le *Koph* & l'*Aleph* Phœnicien. Cette différence eft affez grande pour défigner deux caracteres de diverfe valeur. Elle eft infiniment moindre entre le *Daleth* & le *Refch*, & entre le *Lamed* & le *Nun*, dans des Médailles Phœniciennes & Puniques où l'on a fouvent de la peine à diftinguer les uns des autres. Il eft encore plus difficile de reconnoître la différence qu'il peut y avoir dans les caracteres que M. l'Abbé B. a pris les uns pour des *Mem* & les autres pour des *Hé* dans l'infcription Punique trouvée à *Malte.* Cependant malgré les traits qui différencient évidemment le *Koph* de l'*Aleph* dans l'écriture Phœnicienne & Punique, tous les Antiquaires avoient cru jufqu'à préfent que ces fortes de *Koph* étoient des *Aleph*, & il s'en eft enfuivi qu'ils n'ont pu interpréter ou
qu'ils

qu'ils ont mal interprété les légendes qui contiennent de pareils caracteres.

Je ne dois pas omettre de faire ici mention que
M. l'Abbé B. a donné la valeur du *Koph* au caractere Punique N°. 10. qui n'eft que dans l'infcription de *Malte*, & qu'il a pris pareillement pour

N°. 10.

un *Koph* le caractere N°. 11. qu'on voit fur toutes

N°. 11.

les Médailles qu'il a attribuées au Roi Bocchus, &
qui, à mon avis, ne peuvent appartenir qu'à une
ville comme je l'ai marqué S. III, pages 85, &
fuiv. Ce n'eft pas que je difconvienne que ces deux
fortes de caracteres, dont le fecond a été pris pour
un *Daleth* par d'autres Antiquaires, ne puiffent
être des *Koph* qui feroient dérivés du *Koph* Samaritain. Mais on ne faura bien certainement s'ils ont
cette valeur, que quand on aura trouvé de femblables caracteres fur d'autres Monuments qui le
feront mieux connoître.

Nota. Le *Koph* N°. 6. eft le *Koph* Samaritain. Celui du N°.
7. le *Koph* Hébraïque. Celui du N°. 8. le *Koph* Phœnicien
& Punique, Médailles de *Carthage*, P. III, Pl. LXXXVIII,
N°. 6. S. I, Pl. I, N°. 7. S. III, Pl. V, N°. 10. Médailles de l'ifle
de *Coffyre*, P. III, Pl. XCVII, N°. 1. Médailles de l'ifle du *Goʒe*
attribuées mal à propos à l'ifle de *Malte* Pl. CIV, N°s 1 & 2.
Le *Koph* du N°. 9. autre Médaille de *Carthage* P. III, Pl.
XCVIII, N°. 7. Celui du N°. 10. de la préfente Planche a
été rapporté par M. l'Abbé B. de l'infcription de *Malte*,
& celui du N°. 11. des Médailles qu'il a attribuées à Bocchus.

E

PLANCHE
III.
N°. 12.
N°. 13.

Les Phœniciens ont pratiqué pour former leur *Thau* N°. 12. ce qu'ils ont fait pour former leur *Aleph* & leur *Koph.* En le prenant du *Thau* Hébraïque N°. 13. ils ont rabattu au milieu de la ligne gauche le trait qui du haut du caractere Hébraïque tourne à droite par un bout, & tombe jufqu'au bas ; mais au lieu de le repréfenter toujours droit ils l'ont panché tantôt d'un côté, tantôt de

N°ˢ. 14 & 15. l'autre, comme on le voit fous les N°ˢ. 14 & 15. il eft figuré un peu différemment fur des Médailles & dans des infcriptions Puniques, tel que le pré-

N°ˢ. 16, 17
& 18. fentent les N°ˢ. 16, 17 & 18. Dans aucune de ces diverfes formes, il ne reffemble aux anciens *Thau*

N°ˢ. 19 & 20. Samaritains qui font fous les N°ˢ. 19 & 20. Cependant le fecond de ces deux caracteres ayant été varié dans les fuites par les Samaritains en y mettant la traverfe quelquefois plus haut, & d'autres fois plus bas, les Phœniciens l'ont auffi employé de même fur quelques Médailles.

Nota. Le *Thau* Phœnicien & Punique N°. 12. fe trouve fur les Médailles de *Marathus* P. II, Pl. LXXX. Sous le N°. 13. eft le *Thau* Hébraïque. Ceux des N°ˢ. 14 & 15 font fur un grand nombre de Médailles de *Sidon* & d'autres villes de Phœnicie. Celui du N°. 16. eft fur le Médaillon de la ville de *Carthage* P. III, Pl. LXXXVIII. Celui du N°. 17. dans la Lettre de M. l'Abbé B. de 1766. Pl. II, & celui du N°. 18. dans la même Lettre Pl. III. Il eft marqué ci-devant que les caracteres des N°ˢ. 19 & 20 font les anciens *Thau* Samaritains.

L'ancien *Aïn* Samaritain préfenté fous le N°. 21, qui étoit d'une forme ronde , fervit d'abord aux Grecs pour en faire leur *Omicron.* Dans la fuite ils le figurerent quelquefois triangulaire , quarré & en lofange. Les Phœniciens en firent à peu près de même; mais parmi les diverfes autres formes qu'ils lui donnerent , celle qui reffemble à *l'Aïn* Hébraïque N°. 22. eft fur-tout remarquable. On ne peut douter que ce ne foit de ce caractere Hébraïque que dérivent les *Aïn* N°ˢ. 23 & 24 , qui fe trouvent fur plufieurs Médailles de la ville de *Marathus.* On les y voit figurés avec les mêmes traits de l'*Aïn* Hébraïque dépouillés feulement de leurs pointes. Les Phœniciens en retrancherent enfuite la queue, & n'en repréfenterent que le corps tel que les préfentent les N°ˢ. 25 & 26. Mais fur les autres Médailles Phœniciennes & Puniques qui nous reftent , il eft repréfenté tantôt fous la forme ronde de l'*Aïn* Samaritain , tantôt fous celle d'un triangle tourné en tout fens , & quelquefois fous celle d'un demi-cercle ouvert par le haut , comme on voit dans les Médailles de Sicile affez communes qui ont pour légende *Am Mahhanoth.*

PLANCHE III.

N°. 21.

N°. 22.

N°ˢ.23 & 24.

N°ˢ.25 & 26.

Nota. Sous le N°. 21. eft l'ancien *Aïn* Samaritain. Sous le N°. 22. l'*Aïn* Hébraïque. Sous le N°. 23. l'*Aïn* Phœnicien repréfenté fur les Médailles de *Marathus* P. II , Pl. LXXX.

E ij

N.º 62 & 63. L'*Ain* du N.º 24. que M. l'Abbé B. a pris pour un *Beth* eſt dans ſa Lettre de 1760. Médaille N.º 111 ; & les *Ain* Nos. 27, 28, 29 & 30. dans les inſcriptions de la ville de *Citium* qu'il a rapportées dans ſa Lettre de 1766. Sur les Médailles de *Marathus* déja citées, on voit les *Ain* repréſentés ſous les Nos. 25 & 26.

Quoiqu'on ne trouve point ſur les Médailles Sa-maritaines d'autre *Reſch* que celui qui eſt figuré

N.º 31. ſans jambage dans la préſente Planche N.º 31, il y a tout lieu de juger qu'il l'avoit été ancienne-ment avec un jambage comme on le voit ſous le N.º

N.º 32. 32, puiſqu'il eſt formé de même ſur beaucoup de Mé-dailles Grecques de la plus haute antiquité. On le

N.º 33. trouve auſſi figuré à peu près de la même façon N.º 33. ſur des Médailles Phœniciennes de la ville de *Tyr* avec un petit jambage, qui eſt plus alongé ſur d'au-

Nos. 34 & 35. tres Médailles Phœniciennes & Puniques Nos. 34 & 35 ; & de même que ſur des Médailles Samaritaines & Phœniciennes le *Beth* eſt formé tantôt avec la tête fermée, tantôt avec la tête ouverte, le *Reſch* eſt pareillement figuré ſur ces Médailles avec une tête fermée dans les uns & ouverte dans les autres, de ſorte qu'alors il reſſemble aſſez au *Caph* Sama-ritain qui eſt figuré quelquefois de cette façon. C'eſt ce qui a été cauſe que les Antiquaires qui ont pris ces ſortes de caractères pour des *Caph* n'ont pu trouver la vraie ſignification des mots où ils ſe rencontroient, non plus qu'ils n'ont pas trouvé celle des mots où font des *Koph* qu'ils croyoient être des *Aleph*. Je me perfuade qu'on ne doutera plus à préfent de la valeur de ces deux fortes de caracteres qui fe trouvent heureufement l'un & l'autre plufieurs fois dans la légende de la Médaille des Sidoniens exilés, & particuliérement dans le mot *Kereth, civitas,* où ils font tous les deux enfemble; ce mot, & celui de *Tfour* qui fuit, fignifiant évidemment *la ville de Tyr,* au lieu qu'en prenant l'un pour un *Aleph* & l'autre pour un *Caph,* on n'a pu donner au mot compofé de ces prétendues lettres que diverfes fignifications directement oppofées, & tout à fait étranges.

Nota. Sous le N°. 31. eft le *Refch* qu'on voit fur les Médailles Samaritaines. Celui du N°. 32. eft le *Rho* Grec pris de l'Alphabeth porté en Grece par Cadmus, lequel fe trouve fur plufieurs Médailles de villes & entre autres fur celles de *Siris* S. III, Pl. III. N°s. 8 & 9. & fur celles de *Tarente* S. IV. Pl. II. N°s. 10 & 11. Le *Refch* préfenté fous le N°. 33. fe trouve fur des Médailles de la ville de *Tyr* P. II, Pl. LXXXIII. N°s. 45 & 46; & les *Refch* des N°s. 34 & 35. fur la Médailles des Sidoniens exilés S. IV, page 106. & fur la Médaille de *Mazara* S. IV. Pl. III. N°. 15. M. l'Abbé B. en a trouvé lui-même un figuré de cette façon fur la Médaille d'*Imichara* rapportée T. XXX. des Mémoires de l'Académie.

Je crains fort, Monfieur, que toutes ces obfervations grammaticales fervant de réponfe à vos queftions ne vous caufent de l'ennui en les lifant. Je

vous avoue naturellement que je ne me plais pas moi-
même à les écrire. Il faut néanmoins que j'acheve
ce qui me reste à vous dire sur les objections & ques-
tions que vous me faites, & que de votre part vous
ayez la patience d'en faire la lecture. Vous me mar-
quez que j'ai assez bien fait voir que les *Schin*
Phœniciens & Puniques Nᵒˢ. 39, 40, 41 & 42
procédent du *Schin* Hébraïque Nᵒ. 38 ; & cependant
vous me laissez entrevoir que vous pensez qu'ils
pourroient peut-être dériver également les uns du
Schin Samaritain angulaire Nᵒ. 36, & les autres du
Schin Samaritain arrondi Nᵒ. 37. Trouvez bon que
je vous réponde sur cela qu'en supposant que ces
caracteres ont été pris du premier *Schin* Samaritain,
& non pas du *Schin* Hébraïque, avec lequel ils
ont la plus grande conformité, il faudroit aussi sup-
poser que le *Schin* Hébraïque seroit dérivé du *Schin*
Samaritain, supposition qui n'est guere admissible.
Au surplus pour la question dont il s'agissoit, c'est-
à-dire, pour reconnoître la valeur du caractere Nᵒ.
41. dans les Médailles Puniques de la ville de *Mazara*, il m'étoit indifférent qu'il procédât du *Schin*
Samaritain, ou du *Schin* Hébraïque, pourvu qu'il
fût reconnu pour être véritablement un *Schin*, & non
pas un *Teth* comme M. l'Ab. B. l'avoit marqué. Il me
suffit de l'avoir bien montré, & que vous en conveniez.

Marginal notes (left):

PLANCHE III.

Nᵒˢ. 39, 40, 41 & 42.
Nᵒ. 38.

Nᵒ. 36. 37.

*je me retracte de ce que j'edis ici
que le Shin hebraique ne dérivoit
point du Shin Samaritain. il pouvoit
bien en deriver les caracteres samaritains
etant plus anciens que les caracteres
hebraiques.*　Nᵒ. 41.

Nota. Le caractere N°. 38. eſt le *Schin* Hébraïque, & celui
du N°. 39. le *Schin* Phœnicien qui ſe trouve ſur un grand
nombre de Médailles de villes de Phœnicie. Le *Schin* Punique N°. 40. eſt ſur des Médailles que M. l'Ab. B. a rapportées dans ſa Diſſertation lue à l'Académie en 1758.
Celui du N°. 41. ſur les Médailles de *Maʒara* S. IV, Pl.
III. N°ˢ. 14. & 15 ; & celui du N°. 42. même Planche N°.
16. Le *Schin* Samaritain angulaire N°. 36. ſe voit ſur beaucoup de Médailles Samaritaines, mais le *Schin* arrondi N°.
37. ne ſe trouve que ſur celles de Simon Macchabée comme le ſavant P. Souciet l'a très-bien remarqué dans ſon
excellente Diſſertation ſur les Médailles que nous appellons
Samaritaines, & qu'il nomme Hébraïques par les raiſons
que l'on peut voir dans ſa Diſſertation.

PLANCHE
III.

Après m'avoir fait un compliment des plus flat-
teurs ſur mon explication de la Médaille des Sidoniens exilés que vous regardez comme une décou-
verte heureuſe, vous me propoſez des doutes, &
vous me faites même quelques objections, auxquelles il me faut préſentement répondre. D'abord vous
me dites que le *Lamed* ל. lettre ſervile devant
Sidonim déſigne, ſuivant les Grammairiens, le génitif ou le datif dans les mots qu'elle précede, &
qu'ainſi le premier mot doit être rendu par *Sido-
niorum* ou *Sidoniis*, & les autres ſuivants dans les
cas que cette lettre régit. Vous devez avoir vu dans
mon explication que j'ai marqué que le *Lamed* premiere lettre de la légende étoit un article. C'eſt
auſſi, ſi l'on veut, une lettre ſervile, une particule,
ou une prépoſition ; le nom n'y fait rien. Pour peu

qu'on ait vu de Médailles Phœniciennes, on n'ignore
pas fa valeur & fa fignification au-devant des noms
de Peuples & de Villes. Si j'en ai fait abftraction en
mettant les mots fuivants au nominatif féparément
les uns des autres, c'étoit pour donner plus clairement la fignification de chacun. Il en eft des Médailles Phœniciennes où l'on voit le *Lamed* devant
des noms de Peuples ou de Villes, de même que
des Médailles de Villes Grecques frappées avec le
nom au génitif des Peuples qui les habitoient, foit
qu'ils en fuffent originaires, foit qu'ils fuffent étrangers, comme l'étoient les Macédoniens, les Lacé-
démoniens & les Achéens qui en firent fabriquer
en leur nom dans diverfes villes d'Afie où ils s'étoient
établis, & comme l'étoient les Antiochéens dans
les villes de *Ptolémaïde* & de *Callirhoé* où ils en
firent frapper pareillement en leur nom. Ces exemples font comprendre aifément que des Sidoniens
chaffés de chez eux & réfugiés dans l'ifle d'*Arade*,
ont pu auffi faire battre des monnoies en leur nom
dans cette ifle dont la ville avoit été bâtie par leurs
ancêtres.

A l'occafion de l'épithete d'*exécrable* ou *maudite*,
qui eft avant le nom de la ville de *Tyr* fur la même
Médaille, vous m'obfervez que les tranfpofitions ne
font pas d'ufage dans la langue Hébraïque, ni dans la
Samaritaine,

Samaritaine, & qu'il y a lieu de croire que la ████████
Phœnicienne aura gardé la même regle. Je me
fouviens que ce fut là une des leçons qu'on me
donna, quand j'appris un peu d'Hébreu il y a 64
ou 65 ans; mais il me femble que ce n'étoit pas
une regle fans exception. Je me fuis rappellé que
je trouvai alors plufieurs exemples contraires particuliérement dans les Pfeaumes, & que j'en fis
quelques notes, entre autres les fuivantes.

PLANCHE
III.

נדול יהוה. *Magnus Dominus.* Dans plufieurs Pfeaumes.
חשכת מים. *Tenebrofæ aquæ.* Pf. xviii.
רם על כל גוים יהוה. *Excelfus fuper omnes gentes Dominus.* Pf. cxiii.

La tranfpofition d'*excelfus* éloigné de *Dominus*
dans ce dernier paffage eft fur-tout remarquable.
Mais fans avoir recours à ces exemples dont je
pourrois rapporter un plus grand nombre, & fans
en chercher d'autres dans des écrits hiftoriques &
didactiques, qui ne comportent guere de ces fortes d'inverfions en aucune langue, ne puis-je pas
vous faire part auffi à mon tour d'une autre obfervation que la vôtre m'a donné occafion de faire ?
Savoir que quand nous parlons d'objets qui exci-
tent en nous des fenfations vives, comme celles qui
font caufées foit par la joie & par l'admiration, foit
par l'indignation, la colere, la frayeur ou autres
paffions, alors c'eft la qualité de l'objet qui nous

F

affecte, qui nous émeut, que nous énonçons par une épithete avant le nom de la perfonne ou de la chofe. Nous difons la *bonne* nouvelle , la *belle* femme , le *brave* Capitaine, la *grande* ville , & non pas la nouvelle *bonne* , la femme *belle* , le Capitaine *brave* , la ville *grande*. Nous difons pareillement le *méchant* homme , la *déteftable* Religion Mahométane , un *cruel* tyran, une *funefte* bataille , un *terrible* coup de tonnerre. L'inverfion dans ces expreffions n'empêche point qu'elles ne foient naturelles. C'eft le langage propre des paffions : c'eft la voix de la nature : telle eft la marche de l'efprit humain. Au refte je ne vous donne point ceci comme une regle qui foit toujours fuivie. Il n'y en a point en ce genre qui ne foit fujette à des exceptions. Chaque langue a d'ailleurs fon génie & fes ufages particuliers ; mais il n'en réfulte pas que chez tous les Peuples & dans toutes les Langues l'élocution la plus naturelle ne foit celle qui fuit l'ordre des perceptions & le mouvement des paffions de celui qui parle. Par conféquent l'expreffion *propter execrabilem civitatem Tyrum* étoit naturelle de la part des Sidoniens qui confervoient un vif reffentiment contre la ville de Tyr de ce qu'elle étoit la caufe de leur exil. Cette expreffion étoit dictée par la haine qu'ils lui portoient.

Vous me parlez enfuite des caractères de même
valeur qui font repréfentés fous diverfes formes
fur cette Médaille, favoir le *Beth* & le *Refch*
qui s'y trouvent figurés chacun de deux façons. Vous
comprenez aifément, dites-vous, que fur des Médailles diverfes d'un Peuple ou d'une Ville, on a
pu employer des caractères de même valeur fous
une forme commune dans les unes, & fous une
forme moins ordinaire dans les autres ; mais vous
avez de la peine à croire que fur une même Médaille
deux caractères de même valeur aient été figurés
différemment proche l'un de l'autre, & vous me
demandez s'il y en a des exemples fur d'autres Médailles que fur celle dont il s'agit. Je vous confeffe
que fi j'y en ai vu, je ne m'en fouviens point pour
le préfent (*) ; mais fi l'on n'en trouve point, je
puis bien vous en dire la caufe. C'eft que les Médailles Phœniciennes que nous avons n'ont prefque toutes pour légende qu'un feul mot qui n'eft
même écrit fouvent que par fes premieres lettres,

PLANCHE
III.

(*) Voici un exemple tiré des Médaillons d'argent fur lefquels on lit *am mahhanoth* en caractères Pu- niques. J'en connois plufieurs où les deux *Mem* qui fe fuivent, font figurés diverfement. Le premier y a été formé d'un feul trait avec trois petites élévations, ou pointes dans la traverfe qui en forme la tête. Le fecond *Mem* y a été écrit à deux reprifes, d'abord avec deux pointes feulement, entre lefquelles il a été mis enfuite un tiret plus ou moins allongé qui coupe la tra- verfe & defcend au-deffous.

F ij

& quelquefois défigné par l'initiale feulement. S'il nous reftoit des manufcrits Phœniciens, on y trouveroit fans doute de ces caracteres variés non-feulement dans le cours de l'écriture ordinaire, mais encore dans un même mot ; car on doit juger que les Phœniciens pratiquoient à cet égard ce que pratiquerent les Grecs qui avoient reçu d'eux leurs caracteres & leur maniere d'écrire. Or nous voyons que quand les Grecs avoient à écrire un mot où une lettre fe trouvoit deux fois, ils la formoient fouvent de deux manieres, particuliérement les *Beta, Gamma, Pi, Rho, Sigma,* & *Tau.* Il ne faut donc pas être étonné que dans la Médaille en queftion, où la légende eft compofée de plufieurs mots, l'Artifte qui les a écrits, y ait varié la forme du *Beth* & celle du *Refch,* du moment que l'un & l'autre fe formoient de deux manieres ; & peutêtre trouvoit-il une efpece d'élégance dans ce procédé qui ne vous paroît extraordinaire que parce qu'il n'eft pas conforme à nos ufages (*).

(*) Voici d'autres exemples tirés des deux infcriptions Puniques trouvées à *Malte,* & rapportées To. XXX. des Mém. de l'Académie. Dans la premiere, on voit plufieurs mots où le *Beth* & le *Mem* font figurés chacun de deux façons. Dans la feconde infcription, les deux premieres lignes préfentent cinq *Aleph* formés avec deux traverfes paralleles comme dans les *Aleph* Samaritains ; & dans la troifieme ligne, on trouve deux autres *Aleph* dont les traverfes font jointes par un bout & ouvertes par l'autre bout, comme dans l'*Aleph* ordinaire des Phœniciens & des Carthaginois.

Vous terminez votre lettre par me donner un
avertiſſement dont je vous remercie. Vous me faites
remarquer qu'en parlant dans mon dernier Supplément de la Médaille Nº. VII. que M. l'Abbé B. a
attribuée à Bocchus dans ſa lettre imprimée au mois
de Septembre 1763, je n'aurois pas dû dire, comme j'ai fait, que je ne m'arrêtois point à ſon interprétation qui ne détermine rien ; car, ſuivant ce
que vous m'obſervez, s'il y avoit effectivement dans
le ſecond mot que cette Médaille contient le nom
de *Boccar* qu'il y a lu, il s'enſuivroit que ce nom
ne pouvant être référé à une ville, la Médaille ſeroit
par conſéquent de Bocchus, & non pas d'une ville
comme je l'ai prétendu ; & vous ajoutez qu'ayant
laiſſé cette interprétation en ſouffrance, on peut
en inférer que je n'ai rien eu à y oppoſer, de ſorte
que pour qu'on ne puiſſe m'imputer d'avoir éludé
d'en parler, vous m'impoſez l'obligation de faire
voir que le mot dont il s'agit ne contient point le
nom de *Boccar* : c'eſt ce qu'il ne me ſera pas difficile
de faire ; mais je ne le puis qu'en diſcutant encore la
valeur de deux caractéres Puniques auxquels pour
former ce nom il a été donné des valeurs arbitraires
ſans avoir égard aux traits dont ils ſont compoſés ;
je ne penſe pas que cela puiſſe cauſer de la peine à
M. l'Abbé B. ni lui faire le moindre tort, l'excel-

PLANCHE
III.

L E T T R E I.

P L A N C H E
III.

lence de ses autres ouvrages le mettant au-deſſus
des minuties de cette eſpece. Les Savants les plus
diſtingués dans la littérature qui ont tenté de lire &
d'expliquer par le paſſé des Médailles Phœniciennes
& Puniques, ſont tombés dans ces ſortes de mépri-
ſes ſans qu'elles aient porté aucune atteinte à leur
réputation, & il eſt arrivé que le haſard plutôt que
la ſcience a fait trouver quelquefois à d'autres infiniment inférieurs à eux ce qu'ils n'avoient pas découvert. En me plaçant dans ce dernier rang & lui dans
le premier, on n'aura pas à m'en faire des reproches.
Il me revient cependant que des gens qui ne me
connoiſſent point, qui n'ont point lu mon dernier
Supplément, ou qui l'ayant lu ont mal jugé des
matieres en queſtion faute de les entendre, ont
trouvé très-mauvais que j'aie oſé combattre quelques-unes de ſes interprétations contraires aux miennes, comme ſi c'étoit moi qui l'eût attaqué, tandis
que je l'ai été moi-même & que je n'ai fait que me
défendre après avoir gardé le ſilence pendant quatre
ans depuis les premieres attaques. Ils voudroient apparemment l'indiſpoſer contre moi, & nous mettre
mal enſemble. J'ai trop bonne opinion de ſon équité
& de la candeur de ſon cœur pour le croire ſuſcep-
tible de pareilles impreſſions. Il me ſemble que je
devrois en être d'ailleurs à couvert après m'être

reſtraint dans mes défenſes à ce qui pouvoit avoir
trait aux Médailles que j'avois publiées, & après
avoir improuvé conſtamment & rejetté les cenſures
immodérées qui le regardoient. Cependant s'il m'é-
toit échappé quelques expreſſions capables de le bleſ-
ſer, ce que je ne crois pas, je les déſavoue. Comme
je n'ai jamais eu intention de l'offenſer en aucune
façòn, je me perſuade qu'en me contredifant, il n'a
pas eu deſſein non plus de me déſobliger. Loin
d'en avoir du reſſentiment, je ne vous diſſimulerai
point que je lui ai en cela même beaucoup d'obligation. J'en fais l'aveu d'autant plus volontiers que
nos diſſentions nous ont été utiles, au moins en
quelques points, à l'un & à l'autre; à lui d'avoir
reconnu dans ſon explication de la Médaille de
Coſſyre que le premier des caractères de la légende
eſt un *Koph* & non pas un *Aleph* d'une nouvelle
forme; à moi d'avoir interprété diverſes Médailles
que j'avois données d'abord comme incertaines,
entr'autres celles que j'ai référées enſuite à la ville
de *Maȝara*, & celle des Sidoniens exilés qui s'é-
toient réfugiés en l'iſle d'*Arade*. S'il n'avoit pas pris
pour un *Téth* le caractère que j'avois marqué être
un *Sin* ou un *Schin* ſur les Médailles de *Maȝara*,
je ne ferois peut-être jamais revenu à les examiner
de nouveau, & je n'aurois pas reconnu que le ca-

PLANCHE
III.

48   *L E T T R E I.*

PLANCHE
III.

ractere qui fur l'une de ces deux Médailles a la forme d'un *K* tourné de droite à gauche, reſſembloit à des *Refch* qui ſe trouvent figurés à peu près de même ſur des Médailles de la ville de *Tyr*, & ſur un grand nombre des plus anciennes Médailles Grecques, ce qui m'a ſervi à lire tout autrement qu'on n'avoit lu juſqu'alors la Médaille des Sidoniens exilés, & à en donner conſéquemment l'interprétation que vous avez approuvée. Voilà en partie l'utilité que j'ai retirée pour ma part des diſputes littéraires en queſtion. Si elles n'avoient jamais pour objet que la recherche du vrai, à force de diſcuter & de débattre les matieres enveloppées de ténebres, on parviendroit peut-être plus ſouvent à les éclaircir, & à acquérir par conſéquent l'intelligence de ces reſtes précieux de l'antiquité que les entrailles de la terre ont heureuſement préſervés juſqu'à nos jours des injures du temps & de la barbarie des peuples qui, durant tant de ſiecles, n'ont point ceſſé de détruire, autant qu'ils ont pu, tous les autres monuments qui la couvroient & en faiſoient l'ornement. Je ſuis bien convaincu que c'eſt-là le point principal que M. l'Abbé B. a eu pareillement en vue dans ſes ouvrages, & je me ferai toujours un devoir de lui rendre toute la juſtice qui lui eſt dûe ſur ſon ſavoir & particuliérement ſur ſes

grandes

grandes connoiſſances dans la Numiſmatique. Mais
toutes bornées que ſoient les miennes, il m'a ſemblé
que je pouvois bien ſans témérité tâcher de découvrir
l'origine & la vraie valeur de quelques-uns des caracteres Phœniciens dont les Antiquaires jugeoient différemment, & que quand, après avoir en conſé-
quence expliqué diverſes Médailles, mes interprétations ont été attaquées, il m'étoit permis de les
défendre ſans qu'on pût m'imputer d'avoir agi en
cela par vanité ou préſomption, ni par eſprit de cri-
tique ou par récrimination. J'eſpere, Monſieur, que
vous voudrez bien me pardonner cette longue di-
greſſion, où m'ont entraîné les inſtances que vous
me faites pour que je m'explique mieux ſur ce que
j'ai dit que l'interprétation de la Médaille contenant
le prétendu nom de *Boccar* ne déterminoit rien.
Puiſqu'il faut vous en marquer la raiſon, je ne me ſuis
exprimé de la ſorte que relativement à la maniere
dont M. l'Abbé B. s'exprime lui-même à la fin de cette
interprétation, où il met en queſtion ſi ce nom de
Boccar, qui avoit été pris par un Roi de Mauritanie,
déſigneroit que Bocchus en deſcendoit, ou ſi ce ſeroit une épithete, ou bien le nom de ſa femme. Ce
ſont-là ſes termes où je n'imagine pas que perſonne
puiſſe trouver rien de déciſif. Mais vous me demandez
encore ſi le mot dont il s'agit a été bien lu. Je vous

G

réponds que je ne le crois pas. M. Swinton y avoit lu ΚΥΠΤΡΟΥ , & pris par conféquent pour un *Caph* la premiere des quatre lettres dont il paroît compofé, en quoi il n'a pas été approuvé par M. l'Abbé B. qui, après avoir marqué les quatre façons dont il jugeoit que le mot pouvoit être lu, a préféré la leçon הבקר aux trois autres en faifant, fans le dire, un *Hé* de la premiere des quatre lettres, qu'il avoit dit d'abord être un *Mem* un peu différent du *Mem* ordinaire. Il ne lui a donné apparemment la valeur du *Hé* que parce qu'un *Mem* ne pouvoit faire partie du nom de Boccar qu'il falloit trouver. Mais ce caractere n'eft ni l'un ni l'autre, & quiconque voudra l'examiner, reconnoîtra que c'eft un monogramme compofé de deux ou trois lettres. Il avoit dit auffi que la derniere du mot pouvoit être abfolument un *Daleth.* Il a préféré de la prendre pour un *Refch*, quoique ce foit bien abfolument un *Daleth* qui fe reconnoît évidemment à la maniere dont il eft figuré avec une queue fort courte fur fa Médaille, ainfi que fur celles que j'ai toutes femblables en grand & en moyen bronze. Il eft vrai que le *Daleth* & le *Refch* fe reffemblent beaucoup. On les diftingue cependant en obfervant que jamais le *Refch* n'eft repréfenté moins long que les autres lettres auxquelles il eft joint, & qu'on ne peut méconnoître le *Daleth*

quand il eſt figuré avec une queue plus courte , &
qu'il n'atteint point en hauteur celle des autres lettres. Après ces obſervations qui ſuffiſent pour vous
faire connoître que le mot en queſtion commençant
par un caractere qui n'eſt point un *Hé*, & finiſſant
par un *Daleth*, ne peut contenir le nom de *Boccar*,
il ne me reſte plus rien à dire.

　　Ce n'eſt pas que ſi je voulois promener mes pen-
ſées dans les eſpaces imaginaires , & donner à perte
de vue dans les conjectures, comme bien d'autres ,
je ne puſſe en former auſſi ſur la ſignification de ce
mot. Je commencerois par dire que le premier caractere qui a l'apparence d'un *Mem* , eſt un monogramme compoſé de trois lettres, ou bien de deux
ſeulement. En le regardant comme formé de trois
lettres , j'y trouverois d'abord un *Nun* qui ſouvent
ne diffère du *Mem* qu'en ce que le trait qui en forme
la tête eſt terminé par une pointe qui s'éleve à chaque
bout, au lieu que le *Mem* a un tiret ou une pointe
de plus au milieu entre les deux autres. Je remar-
querois que l'O *rond* qu'on voit entre les deux pointes de ce *Nun*, eſt un *Aïn* de la forme la plus ordinaire, & que placé comme il l'eſt , il occupe le
lieu de la troiſieme pointe dans un *Mem*, de ſorte
que ce monogramme en a effectivement l'apparence,
ainſi que vous pouvez le voir dans le deſſein de la

Médaille que je redonne dans cette Planche. Ces trois lettres *Nun*, *Aïn*, *Mem*, נעמ, signifiant *Amœnus*, *Jucundus*, je référerois cette épithete à la ville qui a fait frapper la Médaille, soit *Leptis*, ou une autre, laquelle se feroit qualifiée du titre d'*Agréable*, de même que des villes Grecques & Latines s'étoient décorées fur leurs monnoies des titres de *Belles*, d'*Illuſtres* & de *Splendides* & autres titres honorifiques. Quant aux trois caractéres qui fuivent le monogramme, au lieu de lire בקד, ne trouvant dans la langue Hébraïque aucun mot compofé de ces trois lettres, je lirois בדד qui fignifie *Solitariè*, & *Solitudo*, & je tâcherois de faire accorder ce mot de façon ou d'autre avec l'épithete *Agréable*, & même avec la fituation de la ville qui, quoique écartée dans une efpece de défert, pouvoit être un féjour délicieux, une agréable folitude. Mais comme le monogramme peut n'être compofé que de deux lettres, favoir un *Aïn*, & un *Mem*, dans ce cas le mot עם feroit employé fur cette Médaille dans fa fignification de *prope*, *juxta*, & la légende marqueroit feulement que la ville étoit fituée près d'un défert. Je dirois conféquemment que la grande *Leptis* auroit bien pu défigner ainfi fa pofition pour fe diftinguer de la petite *Leptis* : cette ville que les Hiftoriens difent avoir été bâtie par les Phœniciens, étoit

fituée à la vérité dans un canton fertile , mais éloignée de toute autre ville dans le temps de la fabrication de la Médaille , & environnée de déferts comme *Lébida* l'eſt encore aujourd'hui. En liſant בדד , je
prendrois pour un *Daleth* la ſeconde lettre Phœnicienne du mot , & je ſuivrois en cela le ſentiment
de ceux qui lui donnent cette valeur : j'obſerve-
rois que ſi ce *Daleth* eſt repréſenté d'une forme différente de celle de l'autre *Daleth* ſuivant , c'eſt que
quand on avoit à écrire en Phœnicien une même
lettre proche l'une de l'autre on en varioit la figure ,
comme je l'ai déja dit , lorſqu'il étoit d'uſage de repréſenter cette lettre de deux manieres. Tous les
procédés des Artiſtes Hébreux , Phœniciens & Carthaginois ne nous font pas connus. On voit ſeulement que ſelon que le caprice ou l'intelligence les
guidoit , les uns ſemoient , pour ainſi dire , les lettres ſans ſuite & ſans ordre dans le champ des
Médailles , & y diſpoſoient les mots d'une maniere
tout-à-fait irréguliere ; que les autres les y plaçoient
ſymmétriquement , de ſorte que pour une légende
de pluſieurs lignes , ils mettoient exactement une
même quantité de lettres dans chacune ; que pour
une légende de deux mots ſeulement ils écrivoient
ordinairement l'un ſur un des côtés & l'autre à l'op-
poſite , & que quand le ſecond mot étoit plus long

Planche
III.

que le premier, ils en fupprimoient des lettres qu'ils laiffoient à fuppléer aux Lecteurs. Je comparerois ces fortes de Médailles à celles où les légendes en Grec & en Latin font fouvent remplies d'abréviations, de *Siglæ* & de monogrammes dont ceux à qui ces langues font les plus familieres, ne peuvent pas toujours découvrir la fignification. J'ajouterois qu'il eft vraifemblable que les Phœniciens & les Carthaginois ont pratiqué la même chofe dans leur écriture. On trouve fur des Médailles Samaritaines des lettres ifolées qui marquent des mots dont elles font feulement les initiales. Tel eft le *Schin* qui y eft mis quelquefois pour נשׁ. *année*. L'*Aleph* y marque le nombre *un* , le *Beth* le nombre *deux*, &c. Il en eft de même dans l'écriture Hébraïque. Buxtorf a fait un Traité exprès *de abbreviaturis Hebraicis.* Sur beaucoup de Médailles Phœniciennes & Puniques on voit pareillement diverfes lettres ifolées qui n'y font mifes , fuivant toutes les apparences, que pour initiales de noms propres ou de mots dont l'intelligence étoit auffi aifée aux Phœniciens & aux Carthaginois qu'elle nous eft difficile & prefque impoffible à préfent que leurs langues & leurs ufages font également ignorés. N'y a-t-il pas lieu de juger que parmi ces fortes de caracteres , dont plufieurs reftent fans qu'on ait pu encore déterminer leur

ALEPH

KOPH

THAV

AIN

RESCH

SCHIN

vraie valeur, il peut y avoir des monogrammes de même qu'en avoient les Grecs & les Latins? C'eft delà que m'eft venue l'idée du monogramme dont je viens de faire mention. Toute chimérique qu'elle pourra paroître aux Critiques, peut-être ne l'eft-elle pas autant que beaucoup d'autres qui ont été mifes au jour par des Auteurs fort renommés. Mais je réfléchis qu'il ne m'appartient pas de prendre un pareil effor où je ne pourrois que m'égarer fi j'y perfiftois. Je rentre donc dans ma fphere, & revenant fur mes pas je termine cette excurfion par dire tout uniment qu'il vaut mieux laiffer fans explication le mot en queftion, que d'en donner des interprécations ambiguës & illufoires.

PLANCHE
III.

SECONDE LETTRE

De l'Auteur des Recueils de MÉDAILLES DE ROIS, DE PEUPLES ET DE VILLES.

MÉDAILLES DE ROIS.

ANTIOCHUS I. SOTER, *Roi de Syrie.*

Jusqu'à présent on n'avoit vu fur les Médailles des Rois de Syrie d'autres dates, ou époques, que celles qui avoient pour origine l'ere du commencement de leur Monarchie, appellée communément l'ere des Séleucides, laquelle étoit, comme vous favez, de l'année 442 de la fondation de Rome,

Tout cet article doit être mis au néant, ayant reconnu depuis que la médaille attribuée ici a Antiochus Soter est de Ptolemée VIII. Roi d'Egypte, comme on peut le voir dans les Observations que M. l'abbé le Blond a publiées en 1771. fur diverses médailles de mon Cabinet.

Nᵗ. Sur cette médaille qui n'est pas bien conservée au lieu de ___ H BAΣIΛEΩΣ ANTIOXOΥ. que j'y ai lu, il doit y avoir BAΣIΛEΩΣ ΠTOΛEMAIOΥ. comme je l'ai reconnu par une autre médaille semblable. ainsi elles appartiennent l'une et l'autre a Ptolemée VIII. Surnommé Soter Roi d'Egypte dont je ne trouve pas qu'aucune pareille ait été publiée. je remarque de plus que sur cette seconde médaille qui est très bien conservée au dessous des lettres ΣΩ. il y en a deux autres sçavoir ΘΕ; d'où il sembleroit qu'avec le titre de ΣΩTHP. que les anciens auteurs lui donnent, il auroit pris aussi celui de ΘΕΟΣ. ce qui est

PLANCHE
I.

la 312ᵉ. avant Jefus-Chrift. Et le premier des Rois de Syrie fous le regne duquel on trouve des Médailles avec des dates de cette ere, eft Antiochus III. Vous avez reconnu, comme moi, que la date de l'année fixieme marquée fur celle-ci d'Antiochus I. que je vous ai communiquée, devoit procéder d'une autre ere, & vous avez jugé qu'elle méritoit par cette raifon d'être publiée. Quoiqu'elle ne foit pas d'une entiere confervation, j'ai fuivi votre avis en la faifant graver dans la précédente vignette. A l'exception du mot ANTIOXOϒ dont on ne voit bien diftinctement que les trois lettres IOX, le refte eft très-apparent, & ne laiffe aucun doute. On apperçoit même les traces des trois premieres lettres ANT. que le Graveur a ponctuées; celles qui font réparties dans le champ, favoir ΣΩ. au deffus de ЄT. ϛ font connoître que cette Médaille eft d'Antiochus I. furnommé ΣΩTHP. Ce mot eft écrit de même par les deux premieres lettres ΣΩ. fur plufieurs autres Médailles. Les autres ЄT. ϛ. marquent l'année fixieme, qui eft précifément celle du regne d'Antiochus dans laquelle il remporta fur les Galates une victoire fignalée qui lui fit donner le titre de *Soter.* Il eft vrai que cet événement arrivé dans l'année 38 de l'ere des Séleucides tomberoit en l'année feptieme du regne d'Antiochus;

fi l'on en mettoit le commencement en l'année
31 , comme l'ont fait Vaillant & quelques autres ;
mais le P. Frœlich qui a difcuté amplement cette
époque dans fes Prolégomenes des Annales des
Rois de Syrie , a fait voir , par les témoignages au-
thentiques de plufieurs anciens Auteurs , qu'Antiochus n'a commencé à régner en Syrie , après la
mort de Séleucus I. fon pere, qu'en l'année 32 ;
d'où il s'enfuit qu'il n'étoit que dans l'année fixieme de fon regne quand il défit entiérement l'armée des Galates en l'année 38 de l'ere des Séleucides. C'eft fans doute à l'occafion de cette victoire
& du titre de *Soter* donné au vainqueur , que la
préfente Médaille a été frappée. Dans le grand nombre que l'on a de celles de ce Prince on n'en connoît que deux autres en argent où ce titre fe trouve ,
comme je l'ai marqué *Supp.* IV , page 115. S'il y
en a fi peu , l'on doit en attribuer la caufe à ce
qu'il n'en fut frappé de cette forte que dans le temps
que l'événement étoit arrivé. Il en eft du titre de
Soter donné à des Rois , comme de ceux de *Nicator* & de *Nicephore* qui n'étoient que momentanés ;
on ne les employoit plus enfuite fur les Médailles , fur-tout quand le fort des armes ceffoit d'être
favorable. A l'égard des types qui font de l'un &
de l'autre côté de la Médaille , il faut remarquer

H ij

que fur celles de bronze que les villes de Syrie
faifoient frapper au nom des Rois, elles ne faifoient
pas toujours repréfenter leurs têtes, mais plus fouvent celles de leurs Divinités tutélaires & particu-
lieres, & que fur le revers elles marquoient les
fymboles qui leur étoient propres. Suivant cet ufage
notre Médaille a été frappée dans la ville d'*Apamée*, où il y avoit un Temple très-célébre de Jupiter, dont l'on voit la tête fur l'un des côtés;
fur l'autre côté la grande fertilité de fon terroir
eft défignée par la double corne d'abondance qu'on
trouve repréfentée de même avec la tête de Jupiter
fur beaucoup d'autres Médailles de cette ville.
Outre qu'on y trouvoit de quoi nourrir 500 éléphants que poffédoient les premiers Rois de Syrie,
ils y entrètenoient aufli une grande partie des troupes qui compofoient leur armée. Si ces circonftances, me direz-vous, peuvent avoir porté la ville
d'*Apamée* à faire frapper la Médaille en queftion
qui défignoit une victoire à laquelle ces troupes
& ces éléphants avoient eu beaucoup de part, on
ne laiffera pas de regarder toujours comme très-
extraordinaire qu'elle foit la feule où la date marque
l'année de regne d'un Roi de Syrie, tandis que fur
toutes les autres que l'on a en très-grande quantité
des Rois de cette Monarchie, les dates qu'elles

contiennent dérivent de l'ere des Séleucides. J'avoue
que c'eſt une ſingularité dont il n'eſt pas aiſé de
rendre raiſon. Rien ne fait connoître comment les
villes de Syrie avoient compté leurs années dans
l'eſpace de plus d'un ſiecle après le commencement
de la Monarchie; c'eſt-à-dire, depuis l'année 312.
avant Jeſus-Chriſt, juſqu'en l'année 203. qui étoit
la quinzieme du regne d'Antiochus III. Il paroît
en effet que ce ne fut que ſous ſon regne que l'on
commença à mettre ſur les Médailles frappées en
ſon nom des dates de l'ere des Séleucides, & que
les villes qui furent les premieres à en fabriquer
de cette maniere, avoient été celles de *Tyr* & de
Sidon en Phœnicie, qu'Antiochus venoit d'enlever à
Ptolémée Epiphanes, qui les avoit poſſédés juſqu'a-
lors, ainſi que les autres Rois d'Egypte ſes prédéceſſeurs. Ne pourroit-on pas croire que ces villes
nouvellement ſoumiſes à Antiochus auroient voulu témoigner, en datant leurs monnoies de l'ere
particuliere du Royaume de Syrie, qu'elles appar-
tenoient de droit aux Rois qui y régnoient, &
qu'elles en faiſoient partie. Il faut auſſi remarquer
que les dates qu'on voit ſur les Médailles des Rois
d'Egypte, de Cappadoce & de quelques autres,
marquent les années du regne de ces Rois dans
leſquelles elles avoient été frappées, & que la ville

PLANCHE I.

d'*Apamée* auroit pu fuivre ces exemples avant que l'ufage fe fût introduit en Syrie de dater les mon-noies de l'ere des Séleucides. Quoi qu'il en foit, ce ne peut être que l'année fixieme du regne d'An-tiochus qui eft marquée fur la préfente Médaille dont l'antiquité n'eft pas douteufe. Au furplus qui-conque voudra connoître pleinement comment *Apamée* & les autres villes de Syrie, de Phœnicie & de Paleftine ont compté leurs années en diffé-rents temps, doit confulter l'excellent Ouvrage du Cardinal Noris fur les époques des *Syro-Macédo-niens*, & les quinze Differtations de M. l'Abbé Belley, fervant de Supplément à celles de ce favant Cardinal, lefquelles font imprimées dans les Mé-moires de l'Académie. Si dans mes Recueils, j'ai fait quelques remarques fur le même fujet, c'eft que les Médailles que j'y ai données l'exigeoient, & que je n'ai pu par conféquent me difpenfer de toucher à une matiere qui a été traitée fupérieure-ment par ces deux célebres Auteurs.

PHRAHATES IV, *Roi des Parthes.*

DES trois Médaillons de Phrahates IV. que j'ai fait graver dans cette Planche fous les N°s. 1, 2 & 3. Vous reconnoîtrez le premier, qui eft celui

N°. 1, 2 & 3.

dont je vous avois envoyé le deſſein en vous ob-
ſervant que dans la légende il y a pluſieurs carac- PLANCHE I.
teres (*) formés comme des *Iota* qui ſont cependant
des *Alpha*, des *Epſilon* & des *Rho*, & que conſéquemment les mots qui y ſont écrits ΙΙΣΑΚΟΥ,
ΙΥΕΙΓΕΤΟΥ. & ΙΥΔΥ, doivent être lus ΑΡΣΑ-
ΚΟΥ, ΕΥΕΡΓΕΤΟΥ, ΑΥΔΥ, mais que je ne ſa-
vois point comment il falloit lire les lettres ΙΠ.
qui ſont après ΔΙΚΑΙΟΥ, ni quelle ſignification
l'on pouvoit leur donner. Je vous marquai auſſi
que je prenois ΑΥΔΥ. pour les premieres lettres
du mois Macédonien *Audinæus*; que c'étoit la
premiere fois que je voyois le nom de ce mois ſur
une Médaille, & que la date ΖΠΣ. 287 qui eſt
à la fin de la légende différoit ſeulement d'une
année de l'époque marquée ſur une autre Médaille du même Roi, qui a été publiée par le P.
Frœlich.

En me renvoyant le deſſein de mon Médaillon
vous y avez joint auſſi des obſervations de votre
part, & m'avez fait remarquer que je ne m'étois
pas ſouvenu que ſur l'un de deux autres Médaillons à-peu-près ſemblables que j'ai rapportés dans

(*) *Nota.* Les mêmes caraĉteres ſont formés pareillement comme
des *Iota* ſur des Médailles rapportées par Vaillant, & ſur beaucoup
d'autres qu'on voit dans les différents Cabinets.

mon Recueil de Médailles de Rois Pl. XV. (où ,
par parenthefe, je les avois attribués mal-à-propos
à Mithridates III.) on voit après ΔΙΚΑΙΟΥ les
lettres EΠ. dans la même place où font fur l'autre Médaillon les lettres III. qui doivent par conféquent y avoir été mifes pour EΠ, & que cependant, fuivant les remarques faites fur les Médailles
des Rois des Parthes, dans une Differtation imprimée dans les Mémoires de l'Académie, Tom. XXXII,
p. 677, ces deux lettres devroient être lues AΠ.
& marquer un titre d'honneur ou une époque ;
mais c'eft à quoi vous m'avez témoigné ne pas ad-
hérer, non plus qu'à la leçon que l'Auteur de cette
Differtation donne aux Antiquaires en difant p. 676 :
*qu'une chofe que Vaillant & les autres n'ont point
connue, c'eft que ces Monuments ont des époques à
l'exergue, & qu'elles y précèdent les noms des mois
Macédoniens.* Vous ne trouvez pas que cette leçon
foit bien fondée, & vous croyez qu'au moins elle
ne peut être admife dans fa généralité, puifqu'il y
a une Médaille où l'époque ZΠΣ. eft après le nom
du mois. Vous m'obfervez encore que dans la même Differtation l'on prétend qu'il n'y a point
MHNOΣ. fur les Médailles où Vaillant dit l'avoir
vu, & que vous avez de la peine à croire que
ce favant Antiquaire fe foit tant de fois trompé en
                                          lifant

lifant ce mot fur des Médailles , mais qu'en tout
cas vous ne penfez pas que dans celle dont je
vous ai communiqué une copie il puiffe y avoir
après ΦΙΛΕΛΛΗΝΟΣ , un autre mot que celui de
ΜΗΝΟΣ , quoique la premiere lettre M. foit effacée , & que la derniere Σ. ait été prefque toute
emportée par le bifeau. Vous ajoutez à la fin qu'il
vous paroît que mon Deffinateur avoit omis la
lettre H. en écrivant ΦΙΛΕΛΛΝΟΣ. au lieu de
ΦΙΛΕΛΛΗΝΟΣ , & que c'étoit une correction à
faire dans la gravure du Médaillon.

Vos réflexions judicieufes m'ont donné lieu de
l'examiner de nouveau & de le comparer avec un
autre qui m'eft venu depuis peu , & avec celui (*)
que vous me citez de mon Recueil de Médailles
de Rois , fur lequel les lettres ΕΠ. font écrites après
ΔΙΚΑΙΟΥ : comme ils font tous trois de Phrahates IV. & contiennent le même nom de mois , j'ai
cherché à découvrir les caufes des différences qui
s'y trouvent & à les concilier en difcutant les difficultés qu'ils préfentent & les autres qu'on pourroit m'oppofer. La matiere m'a femblé exiger que

---

(*) Pour mieux examiner ce Médaillon qui étoit fale & couvert en partie d'une terre graffe & in-hérente à la matiere , on l'en a dé-tachée peu-à-peu en le frottant avec une broffe, & l'on a découvert qu'au lieu d'ΑΡΤΕΜΙΣΙ. qu'on avoit cru voir à l'exergue, il y a cer-tainement ΑΥΑΥΝΑΙ.

I

chaque point fut traité l'un après l'autre. Je fuivrai
en cela l'ordre des remarques dont vous m'avez
fait part.

Il me faut en premier lieu parler de la maniere
dont les Médailles étoient frappées, & entrer pour
cela en des détails méchaniques qui pourront paroître minutieux & peu intéreſſants ; mais que je
crois néceſſaires pour comprendre d'où provient
que dans la quantité que l'on a de Médaillons des
Rois Parthes, il y en a ſi peu où les légendes
ſe trouvent entieres. L'Ouvrier monétaire fixoit
d'abord ſur un étau le coin qui repréſentoit la
tête du Roi, laquelle par cette raiſon étoit toujours empreinte en entier. Il n'en eſt pas de même de la légende gravée ſur le coin du revers ;
elle ſe trouve le plus ſouvent défectueuſe ſur ces
Médaillons, où il en manque ordinairement une
partie ſoit d'un côté, ſoit de l'autre & même ſur
pluſieurs il n'eſt empreint que peu de lettres de
toute la légende. Ces défauts proviennent de deux
cauſes, dont l'une eſt que le coin du revers, qui
étoit poſé ſur le flaⁿ ne pouvoit être aſſujetti
autant que l'étoit le coin de deſſous. Quand ce
coin gliſſoit ou panchoit de quelqu'un des côtés,
la Médaille ne prenoit point alors l'empreinte de
ce qui étoit gravé ſur l'autre ᵇᵒʳᵈ du coin, ou n'en

prenoit qu'une partie. L'autre caufe dépend de la
qualité de la matiere du flan^{ou} qui étoit une petite
maffe d'argent ; ou de potin arrondie & de moindre
grandeur que les coins , afin qu'en s'applatiffant
fous les coups de marteau elle pût recevoir l'empreinte des types & des légendes qui étoient gra-
vés fur les coins. Leur impreffion s'y faifoit en entier quand la matiere du flan^{ou} étoit d'argent affez
ductile pour s'étendre fur toute leur furface. Mais
les Grecs qui ont fait frapper ces fortes de Médaillons , foit faute de faculté , foit par d'autres
raifons inconnues , n'ont employé le plus fouvent
à leur fabrication qu'une efpece de potin métal
factice compofé de peu d'argent avec des récre-
ments de cuivre & d'autres matieres hétérogenes
& très-peu ductiles , de forte que le flanc qui en
étoit compofé réfiftoit aux coups de marteau , &
ne s'étendoit gueres au-delà de fa propre largeur.
Conféquemment à cette remarque , j'obferve que
le Médaillon du N°. 1. qui contient plus d'argent que les deux fuivants eft plus large, la matiere s'y étant plus applatie, & que le mot MHNOΣ
qu'on y voit au-deffous de ΦΙΛΕΛΛΗΝΟΣ. manque fur les deux autres qui font moins larges. On
en apperçoit cependant des traces fur celui du N°.
2 , & je penfe , comme je le marquerai ci-après

PLANCHE
I.

I ij

que ce font , ſi je ne me trompe point , les deux dernieres lettres de ce mot , ſavoir OΣ qui font ſur d'autres Médaillons devant les noms de mois , leſquelles lettres ont été priſes pour des prépoſitions par Vaillant , & pour des époques par l'Auteur de la diſſertation déja citée du Tom. XXXII. des Mémoires de l'Académie.

Je dois auparavant vous remercier de m'avoir montré que les lettres IΠ qui font après ΔIKAIOϒ

N°. 1.　ſur le Médaillon du N°. 1. font écrites EΠ. ſur
N°. 3.　celui du N°. 3. que j'avois déja rapporté , & en même-temps vous dire que je trouve que ces deux lettres dont je vous avois marqué ignorer la ſignification , doivent être regardées comme n'en ayant aucune. Elles y font ſuperflues n'y ayant été miſes par le Graveur que pour achever la ligne qui n'étoit pas remplie par le mot ΔIKAIOϒ qu'il n'y avoit pas aſſez étendu. Ces deux lettres ajoutées lui étoient apparemment venues ſous la main , parce que ce font les premieres du mot EΠIΦANOϒΣ qu'il avoit à écrire dans la ligne ſuivante , où il n'a pas laiſſé de l'écrire en entier. Ce procédé fautif de la part d'un Artiſte peu exact feroit probable ſans en fournir d'autres exemples ; mais le Mé-
N°. 2.　daillon du N°. 2. qui m'eſt venu nouvellement en contient un qui doit lever tout doute à ce ſujet.

On y voit que le mot ΔΙΚΑΙΟΥ remplit toute
la ligne où il ſe trouve, & que le Graveur pour
écrire enſuite celui d'ΕΠΙΦΑΝΟΥΣ avoit commencé une autre ligne par ΕΠΙΦ. Mais que faute d'avoir
bien pris ſes dimenſions, le doſſier du ſiege du
Roi l'empêchant de continuer cette ligne il a
écrit dans la ſuivante ΑΙΦΑΝΟΥΣ. de ſorte qu'on
lit ΕΠΙΦΑΙΦΑΝΟΥΣ, & que les lettres ΙΦΑ ré-
pétées dans cette légende y ſont ſurabondantes de
même que les lettres ΕΠ & ΙΠ dans les deux autres
Médaillons.

Je crois que c'eſt avec raiſon que l'Auteur de la
Diſſertation ſur les Médailles des Rois des Parthes
dans le Tom. **XXXII**, des Mémoires de l'Académie
dit que Vaillant s'eſt trompé en liſant ΑΠ. ΕΥΠΕΡ-
ΒΕΡΕΤ. ſur une des Médailles qu'il a rapportées
avec des noms de mois, & ΑΠΟ. ΜΗΝΟΣ. ΓΟΡ-
ΠΙΑΙΟΥ. ſur une autre ; mais je ne penſe pas comme lui, que les lettres que Vaillant a priſes pour
des prépoſitions ſont des époques, & je ne trouve
pas qu'il en ait donné la preuve en diſant qu'au
lieu des prétendues lettres ΑΠΕ & ΑΠΟ il faut
lire ſur ces deux Médailles ΑΠΣ. c'eſt-à-dire l'année 281. Il convient que ſur la premiere qui eſt
dans le Cabinet du Roi, l'*Alpha* ne ſe voit point.
Il le ſuppoſe, & ajoute que la ſeconde eſt un *Pi*,

PLANCHE
I.

& que la troifieme eft un *Sigma*, non pas un
Epfilon, comme Vaillant l'a cru. Il m'eft venu fur
cela un foupçon que m'a fait naître mon Médaillon N°. 2, où les lettres ΟΣ font devant le nom
du mois *Audynæus*. La lettre que l'on prend pour
un Π. fuivi d'une Σ fur celui du Cabinet du Roi
ne feroit-elle pas un *Omicron* carré dont le trait in-
férieur auroit été effacé ? On a beaucoup de ces Médaillons où les *Omicron* font formés de la forte,
& dans ce cas les deux lettres ΟΣ. feroient comme fur les miens les deux dernieres du mot ΜΗΝΟΣ
dont les trois premieres ΜΗΝ. ne paroiffent point
faute d'être affez larges pour avoir reçu dans fa fabrication l'empreinte de ces trois lettres au-deffous de ΦΙΛΕΛΛΗΝΟΣ ; mais je ne vous marque
ceci que comme un foupçon, & ne puis rien dire
de plus n'ayant point vu cette Médaille. Je ne
prétends pas non plus que des Artiftes monétaires
n'ayent jamais mis une date devant un nom de
mois, quoique cela foit contre l'ufage & que je
n'en trouve point d'exemple fur les Médailles, au
contraire fur toutes celles que je connois avec des
noms de mois Macédoniens la date d'année, quand
il y en a, eft toujours à la fin de la légende, ou
dans le champ de la Médaille loin de l'exergue
où eft le nom du mois ; fur quoi je vous ferai une
obfervation particuliere ci-après.

Je fais qu'on peut dire, & qu'on a déja dit que ΜΗΝΟΣ feroit inutile & fuperflu devant un nom particulier de mois en Grec , parce que ceux qui entendoient cette langue n'ignoroient pas qu'Αυδυναιος, Γορπιαιος , Δαισιος , Υπερβερεταιος étoient des mois , & que c'eft par cette raifon qu'on voit fur les Médailles des Rois Parthes, la plupart des noms particuliers de mois fans être accompagnés du mot générique Μὴν *Menfis* ; mais il pourroit bien y avoir eu quelqu'autre raifon pour y écrire fouvent ces noms de mois fans le mot Μὴν, & quand il feroit vrai que ce mot ne fe trouveroit pas fur les Médailles où l'on a prétendu le voir, il ne s'enfuivroit pas qu'il auroit été extraordinaire & contre l'ufage de l'y mettre. Il devoit en être du mot Μὴν mois , comme du mot Ε'τος *Année.* Puifqu'on a beaucoup de Médailles où les dates font précédées d'ΕΤΟΥΣ & de Λυκαβαντος , il peut bien y en avoir auffi où ΜΗΝΟΣ foit mis devant un nom propre de mois. Du moins le trouve-t-on employé fouvent de cette maniere dans les écrits anciens, & fur des infcriptions qui ont plus de rapport aux Médailles. Je ne citerai ici pour exemple que celle qui a été trouvée par Spon à *Thyatire*, & qui a été auffi rapportée par le Cardinal Noris. Je l'ai choifie par préférence, parce que le mois *Audynæus* y eft précédé de ΜΗΝΟΣ,

& que son nom y est écrit ΑΥΔΝΑΙΟΥ (*), comme sur mon Médaillon N°. 2.

Quant aux mois Macédoniens dont les noms se voient sur diverses Médailles des Rois Parthes, on en a decouvert huit jusqu'à présent qui y sont inscrits, savoir *Dius*, *Apellæus*, *Audynæus*, *Peritius*, *Dæsius*, *Panemus*, *Gorpiæus*, & *Hyperberetæus*. Il y a tout lieu de croire que les quatre autres mois pourront se trouver dans la suite ~~par~~ Sur d'autres Médailles. On doit observer que les noms de ces mois sont inscrits à l'exergue qui est regardée comme une place distinguée, où il y a lieu de penser qu'ils n'ont pas été mis sans quelque raison particuliere. On a cru qu'ils n'étoient nommés sur ces Médailles que pour marquer le mois dans lequel elles avoient été frappées. Pour moi je présume que c'est moins par cette raison que pour marquer le culte particulier qui étoit rendu à chacun des mois de l'année par les Grecs dans les villes qu'ils habitoient sous la domination des Rois Parthes. On sait que le Dieu Lunus appellé Μήν en Grec étoit en très-grande vénération en Egypte, dans toute l'Asie & sur-tout en Mésopotamie. On a un

01°... j'ai vu depuis dans le cabinet de M. d'Ennery deux médaillons de Rois Parthes sur l'un desquels et écrit tres distinctement le nom du mois *Lous*, et sur l'autre le nom du mois *Artemisius*. ainsi il ne manque plus que *Dystrus* et *Xanthicus*.

avant le nom du mois *Lous* qui y est écrit ΛΩΟΥ il y a les lettres ΥΠΕΟ. de sorte que la lettre Ο semble y être mise pour article devant le nom du mois écrit au nominatif, ce qui est une singularité dont je n'avois pas encore vu d'exemple sur aucune médaille.

(*) On peut voir ce que Spanheim a remarqué sur le nom du mois écrit ΑΥΔΝΑΙΟΣ au lieu d'ΑΥΔΥΝΑΙΟΣ. Il est écrit de trois façons sur nos trois Médaillons, savoir ΑΥΔΥ sur le premier, ΑΥΔΝ sur le second, & ΑΥΔΥΝΑΙ sur le troisieme.

grand

grand nombre de Médailles Grecques & Latines de
colonies fur lefquelles ce Dieu eſt repréſenté , &
entre autres fur une de *Laodicée du Liban* qui a
pour légende au revers MHN. ΛΑΟΔΙΚΕΩΝ.
ΠΡΟΣ ΛΙΒΑΝΩ. Les Grecs en général avoient par-
tout une paſſion démeſurée pour les fêtes , les ſpecta-
cles & les jeux publics , & delà on peut inférer que
ceux qui étoient établis en Méſopotamie imaginerent,
pour les multiplier, d'en faire célébrer tous les mois au
nom & en l'honneur de chaque mois à l'imitation
de ceux qui étoient célébrés en l'honneur du Dieu
Lunus. Mais j'ignore s'il ſe trouve quelques particu-
larités fur cela dans les anciens Ecrivains , & ſi même
ils ont expliqué en quoi conſiſtoit le culte qui étoit
rendu au Dieu Lunus, dont nos Auteurs modernes
ne parlent que très-ſuccinctement. Il me paroît cependant que la matiere eſt aſſez curieuſe pour être
approfondie & traitée particulierément. J'en laiſſe
l'entrepriſe aux Savants qui feront en état & en
volonté de s'en charger.

  Vous avez remarqué dans le deſſein du Médaillon N°. 1 , que la lettre H manque dans le mot
qui y eſt écrit ΦΙΛΕΛΛΑΝΟΣ au lieu ΦΙΛΕΛΛΗΝΟΣ.
Ce n'eſt pas une omiſſion de la part de mon Deſſina-
teur, comme vous l'avez penſé, mais une mépriſe
de la part de l'Artiſte Grec qui l'a gravé , & ce

PLANCHE
I.

K

n'eſt pas la ſeule qu'il y ait commiſe, puiſque par une autre faute il y a écrit après ΔIKAIOY les deux lettres III. qui y ſont ſuperflues & inutiles. Il y a beaucoup d'autres Médailles où il manque des lettres en pluſieurs mots, & où l'on en voit auſſi de ſurabondantes, ce qu'on ne doit attribuer qu'à l'inadvertance ou à l'impéritie des Artiſtes (*) qui les ont gravées; mais faute de reconnoître la cauſe de ces mots défigurés & eſtropiés, il arrive ſouvent que les Antiquaires ſe donnent la torture pour les interpréter, & ne parviennent qu'à leur donner des ſignifications tout-à-fait étranges. Les Médailles des Rois Parthes ſur-tout en contiennent plus que d'autres, dont la cauſe eſt aiſée à concevoir. Les Grecs qui les ont fait fabriquer demeurant avec les habitants du pays contractèrent avec le temps les uſages & les mœurs de ces Peuples, apprirent leur langue, oublièrent la leur, & devinrent inſenſiblement barbares comme eux, de ſorte qu'il n'eſt pas étonnant que les Médailles qu'ils firent frapper particuliérement ſous les Rois *Vologeſes*, vers la fin de l'Empire des Parthes contiennent des marques évidentes de la barbarie qu'ils avoient contractée,

___

(*) Il y a beaucoup de Médailles dont les légendes mal écrites ne doivent être regardées que comme les fautes de Copiſtes que nous trouvons dans les anciens Manuſcrits.

telles que font non-feulement la matiere impure de
ces Médailles, & leur fabrique grofliere; mais auffi
la forme altérée des caracteres Grecs dont ils fe fervoient encore, l'arrangement irrégulier des mots
qui compofent les légendes, & les défauts d'ortho-
graphe dans plufieurs de ces mots. Ceux mêmes qui
avoient oublié entiérement leur langue avoient retenu l'ufage de leurs anciens caracteres avec quelques changements feulement dans leur forme, &
il y a toute apparence qu'ils les employoient à écrire
dans la langue des Parthes qu'ils parloient alors. Je
tire cette conféquence de plufieurs Médailles de
Rois Parthes, en bas argent dont les légendes
font bien écrites en caracteres Grecs, mais dont
on ne peut former aucun mot, ni tirer aucun fens,
quelque combinaifon qu'on en faffe, parce que
vraifemblablement ces légendes font en langue Par-
thique qui nous eft inconnue. Il fera arrivé à ces
Grecs ce qui étoit arrivé à des Argiens qui avoient
bâti anciennement la ville d'*Afpendus* en Pamphylie,
& qui enfuite par leur fréquentation continuelle avec
les peuples du pays oublierent entiérement la langue
Grecque dont ils avoient cependant retenu les anciens caracteres dans leur forme primitive, enforte
qu'ils s'en fervoient dans leur écriture en langue bar-
bare, comme je l'ai remarqué Pl. II. page 148. On

PLANCHE
I.

K ij

PLANCHE
I.

trouve d'autres Médailles avec des légendes en caraĉteres Grecs & en caraĉteres Latins, dont par la
même raiſon on ne peut découvrir la ſignification ;
c'eſt de cette eſpece qu'eſt la Médaille d'or que j'ai
rapportée dans le fleuron du titre de mon premier
Supplément. Je ne vous en cite point de celles
de même eſpece dont les légendes ſont en caraĉteres Latins avec la tête de divers Empereurs, parce
qu'elles ne ſont pas rares, & n'apprennent rien, ſinon qu'elles ont été frappées en des pays barbares.

Au ſurplus malgré tous les défauts qui ſe trouvent communément dans les Médailles des Rois
Parthes, elles ne ſont pas pour cela à mépriſer ni
à rébuter. Il convient au contraire d'en rechercher
& d'en raſſembler le plus qu'il eſt poſſible pour en
tirer des connoiſſances qui nous manquent ſur l'hiſtoire de ces Rois, dont l'Empire a duré avec le plus
grand éclat pendant plus de 500 ans ; tout ce qui
nous reſte de ce qui en avoit été écrit ſe réduiſant
à des événements particuliers & détachés, dont il
eſt fait mention par des Ecrivains qui n'en ont parlé que par occaſion, & relativement à d'autres matieres qu'ils traitoient. Il eſt vrai qu'indépendamment
des défauts ci-devant mentionnés dans la fabrique,
ſur-tout des Médaillons de ces Rois ; le plus grand

nombre des autres Médailles ne fait point connoître quels font ceux qui y font repréfentés, parce
qu'ils n'y font nommés ordinairement que du nom
d'Arfaces, que portoient tous les Rois de cette
Dynaftie; mais il y en a fur lefquelles à ce nom eft
joint celui qu'ils avoient comme Princes de la Famille Royale avant que d'être parvenus au trône.
Ils font reconnoiffables alors par ces noms propres
fous lefquels il eft fait mention d'eux dans les anciens Auteurs. On en reconnoît encore quelques
autres par des titres finguliers qu'ils prenoient fur
leurs Médailles, & qui ne pouvoient guere appartenir qu'à eux. Mais celles qui contiennent des
époques, toutes défectueufes qu'elles puiffent être
d'ailleurs, font remarquables & importantes en ce
qu'après bien des conjectures & des débats entre les
Auteurs modernes, fur le temps où avoit commencé l'ere dont ces Médailles font datées, on a
enfin découvert par quelques-unes la véritable origine de cette ere, qui eft de l'année 311 avant
Jefus-Chrift; d'où il eft aifé à préfent de reconnoître quels font les Rois à qui appartiennent celles
qui ont des époques, ou dates d'années. Jufqu'ici
il n'en a été publié qu'environ quarante où il foit
marqué de ces dates d'années différentes. La plus

PLANCHE
I.

ancienne eſt de l'année 235 (*) & la moins ancienne de l'année 524. Par-là vous voyez combien il
s'en faut que l'on en ait de tous les Rois qui ont
régné dans ce long eſpace de temps & auparavant,
& combien il feroit à deſirer qu'on pût en trouver
une plus grande quantité dont les unes pourroient
ſervir à éclaircir les difficultés que préſentent celles
que nous avons, & les autres à donner d'autres
lumieres ſuffiſantes pour former une hiſtoire de ces
Rois plus exacte & plus complete que celle que
Vaillant nous a laiſſée.

　　Je ne vous donne, Monſieur, toutes les précédentes remarques que comme une ſuite de celles
que vous m'avez faites vous-même ſur le Médaillon
du N°. 1. Je ne penſe pas qu'elles ſoient fort importantes. Je crois ſeulement qu'elles pourroient
être de quelque utilité à ceux qui voulant faire
une collection de ces ſortes de Médailles trouve-
roient des difficultés à en lire les légendes, & à
connoître la valeur des caracteres qui les compoſent,
ainſi que les cauſes des défectuoſités qui s'y ren-

(*) Baudelot & quelques autres ont rapporté de petites Médailles de bronze avec des dates an-
térieures qu'ils ont attribuées à
des Rois Parthes, mais qui appartiennent plutôt, à mon avis, à
de petits Princes qui ſous leur domination régnoient en diverſes
contrées de la Perſe, comme je
l'ai marqué ailleurs.

SUR DIVERSES MÉDAILLES. 79

contrent fouvent. Si malgré la fingularité, la rareté & la cherté des trois Médaillons que je préfente
ici enfemble, ils étoient regardés avec indifférence
par quelques-uns, je me perfuade qu'au moins ceux
qui ont du goût pour les Monuments antiques ne
les trouveront pas fans mérite, & qu'ils y verront
avec plaifir le nom d'un mois Macédonien qu'on
n'avoit point encore vu fur des Médailles, & la
maniere différente dont ce mois y eft écrit. Pour ne
rien omettre de ce qu'ils ont de remarquable, je
dois vous dire que fur celui du N°. 2, il paroît
trois lettres dans le champ du revers au deffus de
la tête du Roi, dont il n'y a que la premiere qui
foit bien apparente, c'eft un A. Les deux fuivantes
ont été en partie effacées par le frai, ou par quelque accident. On peut cependant juger par
les veftiges qu'on en apperçoit que c'étoit un *Koppa*
& un *Sigma* qui joint à l'*Alpha* formoient la date
AϞΣ 291, date qui ne differe que de quatre ans
de celle qui eft marquée fur le Médaillon du N°. 1.

ARSAMUS, Roi d'Arfamofate.

Je vous avois marqué, Monfieur, en vous en-
voyant le deffein du premier des trois Médaillons
précédents de Phrahates IV, Roi des Parthes, que

vous y verriez dans la légende des *Rho* formés
comme des *Iota*, & qu'il y a plusieurs autres Médailles
sur lesquelles ils sont figurés de la même façon.
Dans votre réponse vous m'avez observé, que cela
étant, il ne devoit plus y avoir de difficulté pour la
lecture de la Médaille que j'ai mise au nombre des
incertaines dans mon Recueil de Médailles de Rois
Pl. XXI. N°. 3, sur laquelle sont les caracteres
BΑΣΙΛΕ. ΛΙΣΑΜΟ. qui en composent la légende,
qu'il faut suppléer les barres qui y manquent dans
les *Alpha*, ainsi que dans une infinité d'autres Médailles Grecques, & que par conséquent on doit
lire ΒΑΣΙΛΕως ΑΡΣΑΜΟυ, moyennant quoi il reste
pour constant que la Médaille est d'un Roi appellé *Arsamus* ou *Arsames*. Votre observation judicieu-
se m'a engagé à y réfléchir, & à en faire ici un
article séparé. Après l'avoir bien examinée, je l'ai
fait graver de nouveau avec la plus grande exac-

titude dans la présente Planche sous le N°. 4. Quoiqu'elle soit bien conservée le Déssinateur ne l'avoit
pas bien représentée ayant figuré la tête sans la cidaris dont elle est couverte, & négligé de marquer
la petite houppe ou bouton qui est au bout de la
même coëffure que porte la figure qu'on voit à
cheval sur le revers. Je n'avois pas pris garde à ces
omissions de la part du Dessinateur, parce que ne

reconnoissant

reconnoiſſant point alors quel étoit le Roi qui eſt
repréſenté ſur cette Médaille, je l'avois miſe parmi
les incertaines. La premiere choſe qu'il faut y con-
ſidérer après ces correĉtions dans la préſente gravure, c'eſt que la tête du Roi qui eſt repréſentée ſur
un côté, eſt d'un homme de moyen âge, & qu'elle
eſt ſans barbe, & ornée d'un diadème autour de la
cidaris; de l'autre côté c'eſt, ſuivant les apparences,
la figure du même Roi à cheval repréſenté en guer-
rier combattant, & prêt à lancer une arme qu'il
tient de la main droite.

Vous vous attendez ſans doute, qu'après cette
deſcription de la Médaille, je vais vous l'expliquer
tout de ſuite en vous marquant quel étoit le Roi
qui y eſt repréſenté, dans quel pays & en quel
temps il a régné. Mais trouvez bon, je vous prie,
qu'au préalable je vous rappelle des ouvrages que
vous devez avoir lus, leſquels contiennent beaucoup de choſes qui ſont relatives à la Médaille en
queſtion du Roi *Arſamus*, dont on n'avoit encore
vu aucune juſqu'à préſent. Ces Ouvrages ſont:

1°. Les *Numiſmata Regum vet. Anecdota* du P. Frœlich, où il rend compte des recherches qu'il avoit faites
dans les anciens Auteurs au ſujet d'une Médaille mal
conſervée d'un Roi alors inconnu, appellé *Samus*,
ſur laquelle il avoit cru voir le nom d'*Arſamus*.

L

2°. Un autre écrit du même Auteur intitulé : *Dubia de Minnifari aliorumque Regum Armeniæ nummis,* où il parle encore de cette Médaille après avoir reconnu qu'elle étoit du Roi *Samus.*

3°. Réflexions fur une Médaille de *Xerxès,* Roi d'*Arfamofate,* par M. l'Abbé Barthélemi, imprimées Tom. XXI. des Mémoires de l'Académie, page 404.

4°. Obfervations fur une Médaille du Roi *Samus,* par M. l'Abbé Belley, Tom. XXVI, page 255.

5°. Nouvelles conjectures fur la Médaille du Roi *Samus,* par M. de Boze, même Volume, page 365.

6°. Nouvelles obfervations de M. l'Abbé Belley, fur la même Médaille, même Volume, page 380.

Pour que des hommes auffi favants fe foient donnés la peine de tant écrire fur ces Médailles, il faut qu'ils aient jugé que la matiere étoit bien intéreffante pour l'Hiftoire & pour la Littérature numifmatique. Cette confidération jointe à ce que vous m'avez marqué au fujet de ma Médaille d'*Arfamus,* m'a déterminé à la redonner, à vous dire ce que j'en penfe, & à y joindre quelques obfervations fur divers articles des écrits que je viens de vous citer.

Mon fentiment eft donc que l'*Arfamus* de ma Médaille étoit Roi d'*Arfamofate,* que c'eft lui qui avoit donné fon nom à cette Ville, & que même, felon toute apparence, il étoit le pere de *Xerxès*

qui y régna après lui. Je vais vous dire à préfent

fur quoi j'établis mon opinion.

PLANCHE
I.

Il eft notoire qu'après les conquêtes faites en Afie par Alexandre, les villes qui y furent appellées de fon nom & de celui des Rois fes fuccefleurs, avoient été bâties, ou feulement agrandies, fortifiées ou embellies par ceux de ces Rois dont elles portoient le nom. Pendant les troubles qui furvinrent dans le Royaume de Syrie, il y eut des Gouverneurs de provinces qui fe révolterent & qui formerent diverfes Dynafties, où quelques-uns donnerent pareillement leur nom à différentes Villes. Telle fut entre autres celle d'*Artaxiafata* en Arménie appellée ainfi du nom d'*Artaxias*, qui s'étoit révolté contre Antiochus III en l'année 189 avant Jefus-Chrift. Ces exemples ne permettent pas de douter que la ville d'*Arfamofate* n'ait été auffi appellée du nom d'un *Arfamus*. Refte à favoir fi c'eft celui de notre Médaille.

De tous ceux que le P. Frœlich a trouvé dans fes recherches avoir porté ce nom, il a jugé qu'il n'y avoit que l'*Arfamus* fils d'Artaxerxès Mnemon à qui fa Médaille pût appartenir; qu'il fe pouvoit bien qu'elle eût été frappée dans quelque Ville Grecque en Afie; que quoique ce Prince qui vi-

L ij

voit vers l'an 367 avant Jefus-Chrift, n'ait point été Roi, des Grecs lui en auroient donné le titre, & que peut-être auffi avoit-il été fondateur de la Ville d'*Arfamofate*. Un autre *Arfamus* qui étoit Roi d'Arménie, fuivant Moïfe de Chorene, a échappé aux recherches de ce favant Jéfuite. J'en reparlerai dans la fuite.

M. l'Abbé Barthélemi, dit avec raifon dans fa Differtation qu'on ne doit pas faire remonter fi haut le commencement de la Dynaftie d'*Arfamofate*, & cependant il me femble qu'il la place encore trop haut en la mettant, comme il fait, fous le regne d'Antiochus II qui a été de 15 ans depuis 262 jufqu'en 247. La raifon qu'il en donne eft que dans cet efpace de temps *Théodote*, Satrape de la Bactriane, fe révolta contre ce Prince, que cette révolte qui demeura impunie, porta plufieurs Nations de l'Orient à fecouer le joug des Rois de Syrie, & que dans cette défection, qu'il fuppofe avoir été prefque générale, on peut mettre le commencement du Royaume d'*Arfamofate*; mais la défection ne fut point générale alors. Il n'y eut des foule-vements qu'en des lieux éloignés de la Syrie & de l'Arménie, favoir dans la Bactriane & dans une partie feulement de la Perfe & de la Parthie, & ces foulevements n'arriverent même que dans les dernieres années du regne d'Antiochus II, qui suivant ce qu'en ont rapporté les anciens Auteurs, n'eut d'autres guerres à soutenir que celle qui avoit été commencée par Antiochus I son pere, contre Ptolémée-Philadelphe, Roi d'Egypte, & qui dura jusqu'en 252.

Il y a bien plutôt lieu de croire que la Dynastie d'*Arsamosate* se forma durant les troubles dont fut agité le regne de Séleucus II qui succéda à Antiochus II en 247. Les défections commencées au loin s'étendirent alors de proche en proche vers la Syrie, d'autant plus facilement que ce Prince fut occupé dès la seconde année de son regne à se défendre contre Ptolémée - Evergete qui avoit succédé à Ptolémée-Philadelphe, & qui s'empara en peu de temps de presque toute la Syrie. Il fut aussi traversé par une guerre que lui fit Antiochus-Hierax son frere, lequel s'étant joint aux Parthes révoltés lui enleva la Mésopotamie & une partie de l'Arménie, ce qui fait voir que ces deux contrées étoient soumises auparavant à Séleucus II. Elles lui revinrent en 240, au moyen d'une victoire complette qu'il remporta sur l'armée de son frere en Mésopotamie, où il fit bâtir ensuite une Ville qui du titre de *Callinicus*, qu'il prit en mémoire de cette victoire, fut appellée *Callinicopolis*; après quoi il livra encore des batailles aux Parthes, & fut enfin vaincu à son tour, & fait prisonnier en l'année 236.

Mais si la Dynastie d'*Arsamosate* a commencé sous Séleucus II, il n'est pas si aisé de découvrir en quelle année de son regne elle fut formée, ni qui étoit l'*Arsamus* dont la Ville avoit pris le nom. On sait seulement qu'*Arsamus* ou *Arsames* est un nom Persan, & qu'après la conquête de la Perse par Alexandre, plusieurs Seigneurs Persans qui se soumirent à lui & aux Rois Grecs ses successeurs, furent employés avec distinction dans leurs armées ; que le commandement en fut même donné à quelques-uns ; que d'autres furent faits Gouverneurs de provinces, & que de ceux-ci il y en eut qui se révolterent & s'en firent Souverains en prenant le titre de Roi, tels qu'*Artaxias* & *Zadriades* à qui Antiochus III avoit donné le gouvernement de l'Arménie. Il se peut bien qu'*Arsamus* fut devenu Souverain d'*Arsamosate* de la même maniere, & qu'ayant cependant rendu des services à Séleucus II dans les guerres qu'il eut contre son frere & contre les Parthes, ce Prince lui eût laissé cette Dynastie, sous la condition toutefois de lui payer un tribut, de même que les Rois Parthes avoient des Dynastes & de petits Rois tributaires dans leur Empire. Or il n'est pas sans vraisemblance que cet

Arſamus fût le pere de *Xerxès*, dont parle Polybe, ſans dire comment il s'appelloit. *Xerxès* lui avoit ſuccédé peu de temps avant qu'Antiochus III allât exiger les tributs que ſon pere avoit refuſé de lui payer. L'accommodement qui ſe fit entre eux eſt de l'année 214 ou 213, ſuivant le calcul de M. l'Abbé Barthélemi. Séleucus qui fut fait priſonnier en 236, avoit régné depuis 247. En plaçant au milieu de cet eſpace de temps le commencement de la Dynaſtie d'*Arſamoſate*, le regne d'*Arſamus* aura été de 30 ans au moins, & de plus de 20 ans en le mettant au plus bas; c'eſt-à-dire, après que Séleucus fut tombé captif entre les mains des Parthes; dans l'un & l'autre cas *Arſamus* aura régné aſſez de temps pour avoir pu bâtir la ville d'*Arſamoſate*, & en avoir fait ſa Capitale, & pour s'être procuré de grands revenus en agrandiſſant ſes Etats. Il faut qu'il les ait poſſédés bien des années pour que les trois cent talents, les mille chevaux & les mille mulets que *Xerxès* donna à Antiochus ne fuſſent qu'une partie des tributs qu'il lui devoit, comme le dit Polybe. Si la ville d'*Arſamoſate* avoit exiſté auparavant, il aura changé le nom qu'elle portoit pour lui donner le ſien, ainſi qu'il ſe pratiquoit ordinairement, quand des Rois donnoient le leur à des Villes auxquelles ils faiſoient faire des fortifications & des embelliſſements.

Après avoir tiré de l'Hiftoire ce qui pouvoit fe rapporter à l'*Arfamus* de notre Médaille, & fait voir qu'il avoit été probablement fondateur de la Dynaftie d'*Arfamofate*, & pere de *Xerxès* qui y régna après lui, il me faut préfentement expofer les autres rapports que la Médaille fournit au foutien de mon opinion, & prévenir les objections qu'on pourroit y faire.

Elle reffemble abfolument par fa fabrique aux Médailles en bronze que l'on a des Rois de Syrie du même temps. La tête d'*Arfamus* qui y eft repréfentée eft d'un homme de moyen âge, ainfi que je l'ai déja dit, & par conféquent il y a lieu de croire qu'elle a été frappée dans les premieres années de fon regne qui a dû être de 20 à 30 ans.

Il prend feulement le titre de Roi joint à fon nom, comme firent les premiers Rois des Monarchies qui fe formerent après la mort d'Alexandre. Ce fut particuliérement pour fe diftinguer de leurs prédecefleurs que les Rois fuivants, qui portoient le même nom, ajouterent d'autres titres à celui de Roi.

Arfamus eft repréfenté fans barbe, & *Xerxès* en a une longue. Cette fingularité qui paroît extraordinaire ne le feroit pas, fi leur Dynaftie eût été dans un autre pays qu'en Arménie. *Arface* & *Tiridate*
fon

fon frere, premiers Rois Parthes font auffi repréfentés fans barbe fur leurs Médailles, tandis qu'on
en voit de longues à prefque tous les Rois qui leur
ont fuccédé. La caufe de cette différence eft que les
Perfans qui entrerent au fervice des Rois Grecs,
foit en qualité d'Officiers militaires, ou en d'autres
offices diftingués, fe conformerent aux ufages &
aux manieres des Grecs, s'habillerent comme eux,
& quitterent la barbe que reprirent enfuite ceux
qui parvinrent au trône en des pays où les Souverains avoient coutume d'en porter. *Arfamus* a donc
dû n'en point avoir quand il devint Roi d'*Arfamofate*, & l'on peut juger que *Xerxès* n'en a porté
que pour marquer qu'il defcendoit des anciens Rois
de Perfe, comme les Arfacides en portoient par
cette même raifon. Je ne connois point de Médailles, où des Rois d'Arménie foient repréfentés avec
de la barbe. *Tigrane* n'en a point fur les fien-
nes qui ont été publiées en affez grand nombre.
Artavafde n'en a point non plus fur celle que j'ai
rapportée R. Pl. xv.

Il faut auffi remarquer que fur celle d'*Arfamus*
en queftion, fa tête eft couverte d'une cidaris entourée du diadême, laquelle penche en arriere, &
que de l'autre côté où il eft repréfenté à cheval,
il porte pareillement une cidaris inclinée ; mais

M

qui eſt terminée au bout de la pointe par un petit bouton; Cette eſpece de coëffure m'amene à ajouter quelques obſervations à celles qui ont été faites par beaucoup d'Ecrivains, au ſujet des ornements de tête qu'on remarque ſur les Médailles des Rois & des Peuples d'Orient. Au lieu du terme d'orne-ment de tête, je continuerai d'appeller du nom générique de coëffure (quoique peu uſité pour les hommes) tout ce qui ſervoit en général à cou-vrir leur tête ſous diverſes dénominations. Je me bornerai néanmoins à parler particuliérement du bonnet, de la cidaris, de la mitre & de la tiare.

La forme originaire & ſpécifique du bonnet eſt circulaire, & ſemblable à la partie ſupérieure de la tête étant deſtiné à l'envelopper en la couvrant pour la garantir du froid & des autres injures du temps. Anciennement comme aujourd'hui, la plu-part des diverſes ſortes de coëffures en tout pays avoient pour fond le bonnet. Ce ſont les acceſſoires ou ornements qu'on y ajouta qui leur firent donner diverſes dénominations relatives, ſoit à la forme différente que ces ornements produiſirent à l'ex-térieur, ſoit à la qualité de la matiere dont chaque ſorte de bonnet fut fait, ſoit à leur deſtination pour les différentes ſaiſons, & pour les autres cir-conſtances où l'on en changeoit, ſoit enfin aux autres variétés qui faifoient diftinguer la dignité, l'état, la condition, la profeffion & même le pays de ceux par qui ils étoient portés : malgré les noms particuliers qu'avoient les différentes coëffures, celui de bonnet refta encore à plufieurs. On appella bonnet Phrygien, la coëffure exhauffée & recourbée par devant qui étoit d'un ufage commun en Phrygie, & bonnet royal, la tiare qui étoit la coëffure propre & diftinctive des Rois de Perfe, d'Arménie, d'Ofrhoëne & des Parthes. Ce n'eft pas ici le lieu de rapporter tous les noms qui avoient été donnés aux différents bonnets, ni de citer les Médailles, où ils font figurés de toutes les façons, parce qu'elles font trop nombreufes, & qu'elles n'ont d'ailleurs que des rapports indirects avec la Médaille du Roi *Arfamus*, dont il s'agit.

La cidaris telle que nous la voyons figurée fur des Médailles de Rois, étoit de forme conique & terminée en pointe. La différence qui fe trouve entre les unes & les autres confifte feulement dans les acceffoires. Il y en avoit auxquelles étoient attachés des fanons qui pendoient fur les épaules, & des cordons qui fe lioient fous le menton. On en voit de cette forte fur les Médailles d'*Arface* & de *Tiridate*, premiers Rois des Parthes que j'ai rapportées, l'une R. Pl. xv, & l'autre Supp. III, Pl. i.

M ij

LETTRE II.

& fur la Médaille de *Mithridate* Evergete , que Beger & Spanheim ont publiée ; mais elles étoient portées auffi fans fanons , comme il paroît par des Médailles d'autres Rois , & particuliérement par une des deux du Roi *Samus* , que le P. *Frœlich* a rapportées , par celle de *Xerxès* , Roi d'*Arfamo-fate* que M. l'Abbé Barthélemi a publiée , & par la préfente Médaille du Roi Arfamus. Sur toutes ces Médailles la cidaris eft entourée du diadême qui étoit la marque la plus diftinctive de la fouveraineté , & de plus il n'étoit permis en Perfe qu'aux Rois feuls de porter la cidaris droite , ainfi que la tiare. Quoique ces deux fortes de coëffures différaffent trop l'une de l'autre par leur forme , & même par leur ufage pour n'avoir pas dû être diftinguées chacun par fon nom propre , les Ecrivains Grecs les ont fouvent confondues , en donnant celui de tiare à la cidaris , foit parce que le nom de Tiare leur étoit plus connu , foit parce que c'étoit la coëffure la plus fplendide de toutes celles qui étoient portées par les Rois. Quelques-uns cependant en ont fait la diftinction ; Plutarque entre autres racontant comment *Artaxerxès* avoit déclaré *Darius* fon fils aîné pour fon fucceffeur , dit que ce fut en lui accordant le privilege de porter la cidaris droite. Ce fut auffi la cidaris que *Demaratus* , Lacédémonien ,

demanda au grand *Xerxès* de pouvoir porter droite
dans une entrée publique à *Sardes*, & non pas la
tiare, comme il a été traduit en françois d'après la
traduction latine de Séneque qui avoit pris pareillement l'une pour l'autre. Non-feulement elles différoient par leur forme, la tiare étant auffi large par
le haut que par le bas, tandis que la cidaris étoit
terminée en pointe; mais elles différoient encore
en ce que la tiare étoit toujours chargée d'ornements, & fouvent de divers fymboles, au lieu que
la cidaris eft repréfentée unie & fans ornements.
J'en infere que la cidaris étoit pour les Rois d'un
ufage ordinaire, & que celui de la tiare étoit réfer-
vé à des jours de fêtes & de cérémonies, comme je
le remarquerai plus particuliérement ci-après. S'il
n'appartenoit qu'aux Rois feuls en Perfe de porter
la cidaris droite, il étoit libre aux Princes de la famille royale, & aux grands Officiers de la porter
inclinée. Je remarque qu'il y a des Médailles d'autres Rois, fur lefquelles elle n'eft pas repréfentée
droite. Celle que porte Tiridate fur fa Médaille ci-
devant citée, paroît avoir la pointe recourbée par
devant à peu près comme le bonnet Phrygien, &
celle qu'on voit fur la tête d'Arfamus dans la préfente Médaille panche en arriere. Celle que porte
le même Roi, repréfenté à cheval fur le revers, paroît en-

PLANCHE
I.

te au bout de la pointe un bouton qui fe voit auffi aux cidaris d'Epiphane & de Callinicus fils d'Antiochus IV , Roi de Commagene , qui font repréfentés pareillement à cheval fur une Médaille. (*) R. Planche x^{IV}, N°. 6. Il n'eft guere poffible de rendre raifon de ces variétés qui fe trouvent dans les acceffoires à la cidaris , où ils ne changent rien à fa forme fpécifique. On peut juger cependant qu'Arface & Tiridate fon frere qui s'étoient révoltés fous Antiochus II, Roi de Syrie, n'auront fait d'abord qu'ajouter le diadême à la coëffure qu'ils portoient auparavant , & qu'Arfamus en formant la Dynaftie d'*Arfamofate* , en aura ufé de même en mettant le diadême autour de la cidaris qui étoit d'un ufage commun en Arménie ; fi dans le commencement de fon regne il ne l'a pas portée droite , c'étoit apparamment parce qu'il étoit Tributaire des Rois de Syrie , ou parce qu'il ne fe trouvoit pas alors affez puiffant pour fe comparer aux Rois Parthes , qui à l'imitation des Rois de Perfe pouvoient prétendre avoir feuls le privilege de la

---

(*) *Nota.* J'avois cru d'abord que cette Médaille repréfentoit les deux Princes fous l'image des Diofcures ; mais j'ai reconnu qu'au lieu de bonnets ronds que les Diofcures portent ordinairement fommés chacun d'une étoile , ce font des cidaris droites terminées en pointe avec un bouton au bout , comme on l'a très-bien marqué dans le deffein de leur Médaille.

porter droite, & peut-être former contre lui une
querelle à cette occasion. A l'égard du bouton atta-
ché aux cidaris ci-devant mentionnées, si ce n'étoit
pas seulement une espece d'ornement, il pouvoit
avoir son usage & son utilité pour ceux qui alloient
à cheval.

La coëffure appellée Mitre en Grec & en Latin
comme en François, étoit la plus distinguée dans la
haute antiquité. C'étoit celle que portoient les souverains Pontifes chez les Hébreux ; elle fut portée
ensuite sous le nom de cidaris par les Rois Orientaux,
& par les Pontifes dans le Paganisme avec quelque légere différence. La mitre proprement dite
avoit au bas une bordure plate qui l'entouroit &
couvroit une partie du front d'où elle s'élevoit en
forme de cône & se terminoit en pointe. C'est ce
que Philon exprime assez clairement, en disant
que la partie supérieure de la mitre étoit la cidaris,
& c'est aussi ce que Tertullien fait entendre, lorsqu'en parlant mystiquement du second avénement
de Jesus-Christ, il dit qu'il paroîtra alors, *cum mi-
trâ & cidari mundâ*, avec la mitre & la cidaris pu-
rifiée. La coëffure pontificale, appellée Mitre par
ceux-là, est appellée Cidaris par Saint Jérôme &
par Joseph qui ne distinguent point l'une de l'autre,
& ne disent point s'il y avoit au bas des bordures,

ou non, ni s'il y en avoit avec des fanons ou fans
fanons. C'étoit apparemment des acceſſoires qui y
étoient ajoutés, & qu'on en retranchoit à volonté
ſelon les temps & les circonſtances. Il y a cependant
lieu de croire qu'il y avoit des mitres qui reſſem-
bloient à la cidaris. Telle eſt celle qui eſt repréſentée ſans bordure ni fanons, mais entourée du diadême ſur la Médaille d'or qui a été inſérée dans le
fleuron du titre du *Supp.* III. laquelle eſt, ſelon les
apparences, d'un Pontife inconnu qui portoit le diadême, comme le portoient les Pontifes de *Comane*
& quelques aûtres en qualité de Souverains dans
les Etats qu'ils poſſédoient. Puiſque les coëffures
de forme conique terminées en pointe, que les Médailles nous montrent avoir été portées par des Rois
& par des Pontifes, étoient appellées ſoit du nom
de cidaris, ſoit de celui de mitre, je ne conçois
pas ſur quoi peuvent ſe fonder les Auteurs modernes qui dans leurs écrits aiment mieux leur donner
le nom de tiare, dont la forme étoit ſi différente.
Je ne ſais ſi ce n'eſt pas porter les conjectures au-
delà de leurs bornes que de dire, comme on a fait,
que la coëffure de Xerxès, Roi d'*Arſamoſate*, fait
préſumer que les tiares des Rois de cette Dynaſtie
étoient fort pointues. On a toujours comparé les
tiares à des tours qui bien loin d'être de forme conique

nique & pointue, avoient à peu près autant de
largeur par le haut que par le bas. Si l'on ne veut
PLANCHE
I.
pas appeller la cidaris de son nom Persan & Arménien, parce qu'il nous est trop étranger & peu
connu, on devroit du moins, ce me semble, lui
rendre celui de mitre qu'elle avoit primordialement,
& qu'il nous est si aisé de distinguer par les notions
communes que nous en donnent les mitres de nos
Abbés & de nos Evêques. Je ne doute point que
ce ne soit par ces raisons que le P. Frœlich a donné,
sans le dire, le nom de mitre à la coëffure du
Roi Samus.

J'aurois peu de chose à vous dire au sujet des
tiares, si plusieurs de nos Ecrivains n'en parloient
pas d'un façon extraordinaire, en appellant du nom
de tiare non-seulement les diverses coëffures des
Rois; mais aussi les autres sortes de coëffures que
portoient les particuliers. « La tiare, disent-ils, étoit
» d'un grand usage parmi les Orientaux; celles dont
» les particuliers se servoient étoient rondes ou re-
» courbées par devant, & semblables au bonnet
» Phrygien. Il n'étoit permis qu'aux Souverains de
» les porter droites ». Il sembleroit par ces expres-
sions que la tiare auroit été en usage dans presque
tout l'Orient; mais c'est ce que les Médailles ne
nous montrent point, non plus que les anciens

N

Auteurs. En diftinguant les tiares qui étoient portées par les Rois, des coëffures dont fe fervoient
les particuliers & le vulgaire, il y avoit peu de
Rois qui en fiffent ufage, favoir ceux des Parthes,
& les Rois d'Ofrhoëne & d'Arménie. On n'en voit
fur aucune des Médailles que nous avons des
Rois de Syrie, de Judée, d'Arabie, de Cilicie,
de Carie, de Cibyre, de Pergame, de Bithynie,
de Paphlagonie, du Pont, de Cappadoce & de la
Bactriane. Je ne parle point des Rois de Perfe de
la premiere Dynaftie qui portoient la tiare, parce
que nous n'avons point de Médailles frappées en
leur nom, ni de ceux de la feconde Dynaftie, parce
que leurs Médailles nous les repréfentent avec des
coëffures tout-à-fait différentes. Dans les trois Royaumes, où la tiare étoit portée par les Rois, ce n'é-
toit point leur coëffure journaliere; ils en avoient
d'autres pour les diverfes faifons, & ils en changeoient, comme d'habits, felon le temps & les circonftances. La tiare avec laquelle ils font repréfentés fur les Médailles, étoit proprement une coëffure de parade dont ils fe fervoient aux jours de
fête, dans les folemnités, & dans les occafions où ils vouloient fe montrer dans toute leur
fplendeur. Ceux qui étoient prépofés à la fabrication
des monnoies, croyoient apparemment qu'il étoit

plus digne de les y repréfenter avec cette parure
royale qu'autrement ; on a cependant des Médailles
des mêmes Rois, fur-tout parmi celles des Parthes,
où ils font repréfentés avec des mitres ou cidaris
fur les unes, & avec le feul diadême fur les autres.
Celles de cette derniere forte font même les plus
nombreufes. En général les Médailles ne nous préfentent que deux fortes de tiares, les unes rondes,
les autres quarrées ; elles font pour l'ordinaire fort
élevées, & toutes prefque auffi larges par le haut
que par le bas, c'eft en quoi, comme je l'ai déja
dit, elles different particuliérement de la cidaris
& de la mitre qui font terminées en pointe. Vous
pourrez remarquer quelques autres différences lége-
res fur les Médailles que je vais vous citer des Rois
qu'on trouve avoir été repréfentés avec la tiare.

On-ignore, fi fous la premiere Dynaftie des Rois
de Perfe, qui a fini à la mort de Darius vaincu par
Alexandre, il a été frappé des Médailles en Perfe,
où ces Rois fuffent repréfentés ; mais on a plufieurs
Médaillons d'argent frappés en Syrie, du temps
qu'ils en étoient poffeffeurs, fur lefquels on voit
dans un char tiré par des chevaux un Roi de Perfe,
portant une tiare ronde & élevée. Le char eft conduit par un cocher qui n'a qu'un petit bonnet fur
la tête. Derriere le char eft un homme à pied,

qu'on juge être un grand Officier par une hafte, ou bâton de Commandant qu'il tient de la main droite. Sur quelques-uns de ces Médaillons, cet Officier porte une coëffure affez femblable à celle du Roi, mais moins haute, & fur d'autres une mitre ou cidaris très-reconnoiffable par fa forme : un de ces Médaillons a été inféré dans la vignette du Recueil de Médailles de Rois, où j'ai remarqué que les caraéteres qu'on y voit font Phéniciens. Je ne crois pas qu'on ait encore découvert ce que fignifient ces caraéteres qui font variés fur ces fortes de Médailles. La coëffure des Princes Perfans reffembloit, fuivant Strabon, à celle des Mages qui étoit la mitre ou cidaris. Celle des gens de guerre eft appellée par le même Auteur Πίλημα πυργωτόν, bonnet tourelé ; c'eft-à-dire, bonnet fort bas dont les rebords entaillés reffembloient à des créneaux de tours. Spanheim a rapporté une Médaille qui repréfente un Archer coëffé de cette maniere ; c'eft à-peu-près le même type qu'on voit fur les Médailles d'or, appellées Dariques, & fur d'autres d'argent & de bronze pareilles, où le bonnet de l'Archer n'eft point dentelé, mais tout uni. Quant aux particuliers, Strabon dit que la plupart avoient pour coëffure des lambeaux d'étoffes, de laine ou de toile, dont ils entouroient leur tête. C'eft la

fignification que les interpretes donnent au mot
Ρ^dαxος , dont il fe fert pour marquer quelle étoit la
coëffure du vulgaire. Je ne fais, fi l'on peut mettre
une coëffure de cette efpece au nombre de celles
qui étoient appellées du nom de Tiare. Quoiqu'il
en foit , fi la tiare étoit d'un grand ufage en Perfe ,
elle ne l'étoit pas pour cela parmi tous les autres
Orientaux, pas même parmi les Arméniens, puifque,
fuivant le rapport de Pollux , la cidaris étoit en
Arménie ce qu'étoit la tiare en Perfe.

Ce n'étoit pas non plus la coëffure commune
des Parthes, à en juger par les Médailles que l'on
a en affez grand nombre de leurs Rois , depuis le
commencement de leur Empire en l'année 311
avant Jefus-Chrift, jufqu'en l'année 223 ou 225
de l'ere chrétienne, qu'il retomba en la puiffance
des Perfes. Sur les Médailles ci-devant citées de
leurs premiers Rois, *Arface* & *Tiridate* , on les
voit repréfentés avec la mitre ou cidaris , entourée
du diadême. Tous les Rois fuivants portent fur leurs
monnoies , foit le diadême fimple , double , ou tri-
ple ; foit la tiare dont la forme varia dans les derniers temps à commencer , felon Vaillant , fous
Vononès II. qui vivoit en l'année 105 de Jefus-
Chrift. Jufqu'alors les tiares des Rois précédents
étoient fort élevées , auffi larges par le haut que

par le bas , arrondies dans leur fommité , & enri-
chies de plufieurs rangs de pierres précieufes dans
tout leur contour. Sur les Médailles de *Vologesès*
II. qui régna depuis 122 jufqu'en 150 , fa coëffure,
ainfi que celle des Rois fes fucceffeurs , reffemble
à un cafque qui n'eft orné que de fimples fleurons.
Vaillant & le P. Frœlich ont donné le nom de
mitre à cette forte de coëffure fur le fondement ,
autant que je puis en juger , qu'elles ont ordinairement des fanons , mais il y en a plufieurs qui
n'en ont point , & qui font feulement entourées
du diadême. Je ne penfe pas que les fanons foient
une raifon fuffifante pour les appeller du nom de
mitre , puifque les cidaris & les mitres qu'on voit
fur les Médailles n'en ont pas toujours. Tous les
Antiquaires qui ont parlé des Rois Parthes , ont
rapporté des Médailles de ces Rois, avec les diverfes
coëffures en queftion. Outre celles de *Phrahate* IV.
que vous voyez dans cette Planche , j'en ai auffi
rapporté plufieurs autres , R. Pl. xv , & *Supp.* III ,
Planche 1.

Les Rois d'Ofrhoëne qui portoient tous le nom
d'*Abgare* , ont pour coëffure fur leurs Médailles
des tiares rondes & hautes qui reffemblent à celles
des Rois Parthes , excepté qu'elles ne font pas fi
riches à beaucoup près , & qu'il y a fur la plupart

un fymbole particulier qui confifte en un croiffant
ou demi-lune avec une étoile au milieu. On ne
connoît gueres d'autres Médailles de ces Rois que
celles où font repréfentés de l'autre côté les Empereurs Romains qui ont régné depuis Hadrien,
jufques & compris le jeune Gordien. J'en ai rapporté une finguliere, R. Pl. x v i, N°. i, d'un *Abgare* qui régnoit du temps de Sept. Sévere, au revers
de laquelle eft repréfenté fon fils *Mannus*, portant
une tiare femblable à celle de fon pere. Cette Médaille parfaitement confervée a fait connoître qu'on
avoit mal lu d'autres Médailles, qui ont été publiées pour être de prétendus Rois, du nom d'*Ala-
nus* & de *Ryonnus* qui n'ont jamais exifté.

De tous les Rois qui ont régné en Arménie, il
y en a peu dont on ait des Médailles. On n'en
connoiffoit même ci-devant que de *Tigrane*, qui
ont été frappées en Syrie, dans l'efpace d'environ 14 à 15 ans, qu'il a poffédé ce Royaume,
joint à celui d'Arménie; & l'on ne croyoit pas qu'il
pût en avoir été fabriqué dans ce dernier Royaume
avec des légendes Grecques, ni pour *Tigrane*,
ni pour aucun autre Roi. J'en ai trouvé une d'*Artavafde* fon fils qui lui avoit fuccédé, & qui fut
détrôné par Marc-Antoine, comme je l'ai marqué
en rapportant cette Médaille, R. Pl. x v, N°. i.

Il en a été publié de *Tigrane* par tous les Antiquaires qui ont fait mention des Rois de Syrie. La
tiare qu'on voit fur la tête de ces deux Rois, eft quar-
rée par le haut & non pas ronde, comme le
font celles des Rois Parthes & des Rois d'Ofrhoëne.
Elle en differe auffi tant par les fymboles qui y
font repréfentés, favoir une étoile & deux oifeaux
que les uns prennent pour des aigles, & les autres
pour des vautours, que par des efpeces de pointes qui régnent tout autour du faîte de même que
les créneaux fur les tours. On a des Médailles de
Marc-Antoine, qui ont pour type au revers une
tiare à-peu-près femblable, & ce type y défigne
la réduction de l'Arménie fous la puiffance des
Romains. Je ne cite point les Médailles d'Augufte
où la même tiare eft auffi repréfentée avec la légende DE PARTHIS, parce qu'il faut que ces Médailles ne foient pas antiques, ou que les Monétaires Romains qui les ont fabriquées, ignoraffent
la différence qu'il y avoit entre les tiares Parthiques
& les tiares Arméniennes. Je n'ajouterai rien à ce
que j'ai déja dit au fujet des Médailles d'*Arfamus*
& de *Xerxès*, qui prirent le titre de Roi dans la
Dynaftie d'*Arfamofate*, qui s'étoit formée en Arménie, vraifemblablement fous le regne de Séleucus II, Roi de Syrie : mais je ne dois pas omettre
celles

celles d'*Antiochus* IV, Roi de Commagene, fur
lefquelles il fe fit repréfenter avec la tiare Arménienne, après que l'Empereur Néron lui eut donné
en fouveraineté une partie de l'Arménie. J'ai rapporté une de ces Médailles, à la fin de la Pl. xvi.
du Recueil des Médailles de Rois; ce fut dans le
même-temps fans doute, qu'il fit auffi repréfenter
Epiphane & *Callinicus*, encore enfants fur les deux
premieres Médailles de ces Princes qui font rapportées dans la même Planche. Le type de la tiare
qu'elles ont au revers n'y défigne pas, comme fur
celles de Marc-Antoine la réduction, mais la poffeffion de l'Arménie, finon en tout, du moins en
partie. Le Scorpion qui y eft repréfenté au milieu
de la tiare étoit le fymbole de la Commagene, &
ce fymbole avec la tiare marque que les deux
Royaumes étoient alors joints enfemble.

Je préfume qu'accoutumé comme vous l'êtes,
à ne vous occuper que de chofes férieufes & importantes, vous ne goûterez guere toutes ces obfervations minutieufes fur les coëffures des anciens
Rois, & peut-être me reprocherez-vous de m'être
trop écarté en cela de l'objet principal de notre
Médaille d'*Arfamus*. J'y reviens, & je crois devoir vous faire remarquer le rapport qu'elle me femble avoir par le type du revers avec la Médaille de

PLANCHE
I.

O

Séleucus II. que j'ai donnée, R. Pl. viii. fur laquelle ce Roi eft auffi repréfenté à cheval. Le P. Frœlich en a publié une autre pareille, moins bien confervée dans fes *Annales Regum Syriæ*. Il la regardoit comme unique, parce qu'on n'en connoît point d'autres, où aucun des Rois de Syrie foit repréfenté à cheval, & il jugeoit qu'elle avoit été frappée à l'occafion de quelque expédition militaire que Séleucus fe difpofoit à exécuter. C'eft en effet ce qu'indique ordinairement cette forte de type; mais celui de notre Médaille où *Arfamus* paroît en action les armes en main, fignifie, felon les apparences, l'accompliffement de l'expédition que l'autre Médaille ne fait qu'indiquer, & ce type équivaut, à mon avis, à celui d'une victoire. Cela s'accorde parfaitement avec ce que j'ai dit ci-devant fur le temps où *Arfamus* régnoit à *Arfamofate*, & fur ce qu'il avoit pu aider Séleucus, à remporter la victoire fignalée qui lui fit reconquérir la Méfopotamie en l'année 240 avant Jefus-Chrift.

Je ne prétends pas cependant que mon fentiment fur la Médaille en queftion puiffe n'être pas fujet à des contradictions, & je ne ferai point étonné que quelques-uns l'attribuent à l'*Arfamus*, Roi d'Arménie, dont j'ai différé de vous parler jufqu'à

préfent , parce que Moïfe de Chorene , eft le feul
Auteur qui en ait fait mention , & qu'on ne peut
guere compter fur ce qu'il en dit ; vous en jugerez
par ce que je vais vous en rapporter. « Il raconte
» qu'en l'année 38 avant Jefus-Chrift, il étoit furvenu
» des troubles en Arménie qui avoient donné lieu
» à des Satrapes du pays d'élire pour Roi *Arfa-*
» *mus* , dont le regne fut de 20 ans ; & que ce
» fut le premier que les Romains obligerent à leur
» payer un tribut , qu'ils trouverent moyen d'é-
» tablir dans la circonftance favorable que leur
» fournifloit la grande jeunefle du Roi des Par-
» thes , nommé *Arfavio* , qui régnoit alors,
» Il dit , qu'*Arfamus* étoit pere d'*Abgare* , Roi
» d'Edefle , dont il rapporte les prétendues lettres
» écrites à Jefus-Chrift , & à Tibere , & les répon-
» fes qu'il en avoit reçues. Dans le récit qu'il fait
» d'une vive conteftation qui s'éleva entre Arfamus
» & Hérodes, Roi des Juifs, fur ce que celui-ci
» lui avoit demandé impérieufement une multitude
» d'Ouvriers, pour paver en pierre de taille & en
» marbre blanc des rues & des places publiques à
» Antioche, dans une étendue de vingt ftades , il
» marque qu'Arfamus les lui refufa; qu'il envoya des
» députés à Rome , pour porter à l'Empereur Au-
» gufte des plaintes contre Hérode , & que crai-

O ij

» gnant l'effet de ses menaces, il se prépara à repous-
» ser la force par la force ; mais qu'ayant appris
» que son adversaire faisoit venir des troupes de
» Galatie & du Pont, il prit enfin le parti de
» fournir les Ouvriers qui lui avoient été demandés ».

Quoiqu'il soit aisé de reconnoître que la plupart de ces faits sont supposés , & contraires au
témoignage des anciens Auteurs plus dignes de foi
que ne l'est Moïse de Chorene, qui vivoit dans le
cinquieme siecle , & dont les écrits sont remplis
de beaucoup d'autres faits incroyables , je ne pense
pas cependant qu'il y ait lieu de rejetter entiérement tout ce qu'il dit au sujet du Roi *Arsamus.* Deux
Savants de notre siecle , savoir M. Bayer, & M.
Fréret , ont tenté de concilier avec l'Histoire ancienne , une partie des faits ci-devant mentionn-
nés. Ils ont jugé unanimement que le Roi Parthe
que Moïse de Chorene appelle *Arsavio ,* nom
tout-à-fait inconnu , étoit Phrahates IV. Suivant
M. Bayer , *Arsamus* a pu régner dans quelque
petit canton de l'Arménie , du côté de la Méfopotamie , & fuivant M. Freret , *Arsamus* étoit appellé *Manovasès* par les Syriens , & pouvoit bien
être le *Monobasès,* que Joseph fait Roi de l'Adiabene. Ils ne disent rien , ni l'un ni l'autre , du prétendu différent qu'il y eut entre *Arsamus & Hé-*

rode, au fujet des Ouvriers Arméniens que celui-ci avoit demandés à l'autre pour paver les rues & les places publiques de la ville d'*Antioche* ; c'eft une allégation abfolument fauffe, l'autorité dont *Hérodes* fut révêtu ne s'étant jamais étendue jufqu'à pouvoir rien ordonner à *Antioche*, & ce trait feul fuffiroit pour faire douter de tout le refte. Mais fuppofé qu'*Arfamus* ait régné, foit dans un coin de l'Arménie, foit dans l'Adiabene province d'Affyrie, il n'y a aucune apparence que notre Médaille lui appartienne. On n'en a point du Roi *Abgare* fon fils, & l'on n'en connoît point des Rois d'Edeffe fes fucceffeurs, qui ayent été frappées avant le regne de l'Empereur Hadrien ; elles font toutes d'une fabrique groffiere, & différentes de celle dont il s'agit. On peut l'attribuer, fi l'on veut, à l'*Arfamus* de Moïfe de Chorene, malgré tout ce qui s'y oppofe, & même regarder cet *Arfamus* comme un des fucceffeurs de *Xerxès* dans la Dynaftie d'*Arfamofate*, de même qu'on y a placé le Roi *Samus*, dont les Médailles avoient été attribuées par M. de Boze, à un Roi d'Emefe, & par M. l'Abbé Belley, au fondateur de la ville de *Samofate*. Quoique je ne fois pas fur ce point-là, ni fur quelques autres de l'avis du favant Académicien qui les a contredits en cela l'un & l'au-

PLANCHE I.

tre, je lui rends volontiers juſtice ſur l'excellence
de ſa Diſſertation à d'autres égards, & je confeſſe
lui être redevable de m'avoir montré le chemin
qu'il y avoit tracé, & que j'ai ſuivi pour reconnoître le temps où avoit vécu l'*Arſamus*, auquel
j'ai référé ma Médaille, & celui où la Dynaſtie
d'*Arſamoſate* avoit commencé. Je ſupprime les
obſervations que je pourrois faire ſur la Diſſertation, dans laquelle la Médaille de *Samus* eſt
attribuée à un Roi d'*Emeſe*. Par reſpect pour la
mémoire de l'Auteur, j'eſtime qu'il eſt mieux de
n'en rien dire; mais j'avoue que les Diſſertations
de M. l'Abbé Belley m'ont ſervi plus que tout
le reſte pour l'explication de ma Médaille; la
plupart des raiſons qu'il y employe pour faire
de *Samus* le fondateur de *Samoſate*, ſont applica-
bles à notre *Arſamus* pour le faire pareillement
fondateur d'*Arſamoſate*, & je les ai adoptées avec
d'autant plus d'aſſurance que ſon opinion ſur ce
ſujet a été goûtée & applaudie, non-ſeulement par
tous ceux qui ſont reconnus en ce pays-ci pour capables d'en juger ſans prévention & ſans partialité; mais
auſſi par les Savants des pays étrangers, & même
par le P. Frœlich, qui s'eſt rendu à ſon ſentiment
après avoir été d'un avis contraire.

DÉMÉTRIUS I, *Roi de Syrie.*

VOUS reconnoîtrez dans cette Planche, fous le N°. 5, la petite Médaille dont vous m'avez marqué avoir vu avec plaifir le deffein. La fabrique vous en a paru délicate & élégante, le tout vous a plu, & vous m'avez demandé, fi l'on trouve aifément de pareilles Médailles parmi celles des Rois Séleucides, & quels font leurs divers degrés de rareté. Je vous réponds que cette petite Médaille eft la feule de cette efpece que je connoiffe dans la fuite de ces Rois ; elle ne pefe que 24 grains. Toutes les Médailles des Séleucides en argent font des Tétradrachmes, des Didrachmes, ou des pieces d'une Drachme feulement. (*) En général ces dernieres font rares; on n'en trouve pas de tous les Rois. Les Didrachmes font auffi plus rares que les Tétradrachmes ; mais les unes & les autres ont divers degrés de rareté, relativement à la plus grande ou à la moindre quantité qui s'en trouve, fuivant que les Rois, pour qui elles ont

---

(*) Il faut remarquer que ces trois fortes de Médailles, appellées du nom de Tetradrachmes, de Didrachmes & de Drachmes n'ont pas juftement le poids relatif que chacune devroit avoir. La différence eft fouvent de plufieurs grains de plus ou de moins dans les unes & dans les autres.

LETTRE II.

été frappées, ont régné plus ou moins de temps,
& relativement encore foit à la fingularité des
types, foit à la diverfité des légendes & des époques que plufieurs contiennent. Vous avez dû voir
fur cela des renfeignements affez juftes que le P.
Frœlich a donné dans fes Annales des Rois de Syrie.

LÉON I, & HAITHON I, Rois d'Arménie.

En vous parlant ci-devant de la Médaille d'*Arfamus*, & d'autres Médailles de Rois & Dynaftes
d'Arménie qui ont des légendes Grecques, je me
fuis rappellé que j'en ai depuis long-temps plufieurs
en caractères Arméniens que j'avois négligées, parce
que ne pouvant être que d'un temps fort poftérieur aux autres, je ne penfois pas qu'elles puffent
bien figurer avec les Médailles antiques. D'ailleurs
il m'avoit paru que les légendes étoient compofées
de lettres majufcules, dont la plupart ne fe trouvent point dans les alphabeths qui ont été publiés,
de forte que ne connoiffant point leur valeur, il
ne m'avoit pas été poffible de lire ces légendes,
ni d'en découvrir la fignification. C'eft pourquoi
je m'étois contenté d'en faire mention dans la Table
de mon Recueil de Médailles de Rois, imprimé en
1762, comme de Médailles Arméniennes, fans en
rien

rien dire de plus. Mais il m'eſt tombé entre les mains la gravure d'une Médaille, pareille à pluſieurs des miennes, laquelle m'a fait connoître la valeur de ces Majuſcules, au moyen de la copie qui en a été faite au-deſſous en lettres ordinaires, telles qu'elles ſont figurées dans les Livres que nous avons imprimés en langue Arménienne. Cette Médaille qui a été gravée à *Veniſe*, eſt du riche Cabinet de feu M. Savorgnan. On voit dans le deſſein qu'elle a été percée, & qu'il y manque à la place du trou des lettres qui ont été bien ſuppléées dans la copie des légendes, ce qui peut avoir été fait avec l'aide de quelque Arménien lettré, qui ſe ſera trouvé parmi ceux de cette Nation que le commerce attire fréquemment à *Veniſe*. De ce que M. Savorgnan avoit fait graver cette Médaille ainſi défectueuſe, il y a lieu de juger qu'il n'en connoiſſoit point d'autres de cette eſpece, & qu'il la regardoit comme fort rare. C'eſt en partie par cette raiſon que je redonne ici ſa Médaille, avec deux des miennes ne voulant pas lui enlever le mérite d'avoir été le premier qui a penſé à la faire connoître. S'il avoit travaillé à en donner l'explication, il eſt à ſouhaiter qu'on ne prive point le Public de ſon Ouvrage, qui peut valoir beaucoup mieux que ce que je me propoſe de vous dire ſur ce ſujet.

PLANCHE I.

P

Jufqu'ici on n'avoit connu d'autres Médailles des Rois & Dynaftes d'Arménie, que celles qui font en caracteres Grecs, dont j'ai fait ci-devant mention. Il fe peut bien cependant que parmi celles que l'on a attribuées à des Rois Parthes, il y en ait quelques-unes qui appartiennent à des Rois d'Arménie inconnus. Quoi qu'il en foit, ces Médailles de Rois, avec des légendes Grecques, ne peuvent être que d'un temps qui avoit précédé ou fuivi de près le commencement de l'ere Chrétienne. Pour venir de-là aux Rois qui ont fait frapper les préfentes Médailles en caracteres Arméniens, il faut franchir l'efpace de douze fiecles. Ce n'eft pas que dans ce long intervalle de temps, il n'y ait eu en Arménie un grand nombre, foit de Rois, foit de Dynaftes & autres petits Souverains qui y ont régné en diverfes contrées; mais les circonftances où ils fe font trouvés pendant tout ce temps-là, peuvent les avoir empêchés de faire battre des monnoies en leur nom. Les uns & les autres n'y ont prefque jamais eu qu'un pouvoir précaire & fouvent de courte durée. Dès après les conquêtes faites en Afie par Alexandre, & fous le regne des Séleucides, auxquels l'Arménie étoit tombée en partage, il s'y étoit formé plufieurs petites Principautés dont les poffeffeurs prirent le titre de Rois. Les Romains, lorfqu'ils l'eurent conquife , ne pouvant tenir im-

PLANCHE I.

médiatement fous leur domination un Royaume auffi
vafte & auffi éloigné de *Rome* , y nommerent des
Rois Grecs ou Perfans , qui leur étoient fubordon-
nés & tributaires. Ce fut une des caufes qui leur
occafionnerent des guerres avec les Rois Parthes ,
qui avoient les mêmes prétentions fur l'Arménie ,
où l'Hiftoire nous apprend qu'ils établirent auffi de
leur part quelques autres Rois. Après la ruine de
l'Empire des Parthes , auxquels les Perfes fuccéderent en l'année 223 ou 225 de Jefus-Chrift , la
guerre recommença entre eux & les Romains , &
elle ne fut fufpendue que par de courts intervalles
de paix , depuis que le fiege des Empereurs eût
été transferé de *Rome* à *Conftantinople*. L'Arménie
qui fe trouvoit fituée entre les deux Empires , fut
fouvent le théâtre de ces guerres , & les Peuples
qui l'habitoient , ainfi que les Rois & autres qui
y avoient des Principautés , en fouffrirent d'autant
plus que fe trouvant fouvent obligés de fe déclarer
pour l'un ou pour l'autre parti , il étoient expofés
conféquemment au reffentiment de ceux contre lefquels ils s'étoient déclarés. A tous ces fléaux qui fe
fuccéderent les uns aux autres fe joignirent les in-
vafions des Sarrafins & des Turcs , qui pénétrerent
en Arménie , ainfi qu'en Syrie & dans la Terre-Sain-

te. Les révolutions qui y arriverent enfuite du temps des premieres Croifades, ne permirent pas non plus aux poffeffeurs des petites Principautés qu'il pouvoit y avoir encore en Arménie, de faire battre des monnoies en leur nom. Quant aux Médailles Arméniennes dont il s'agit, je crois que, pour en donner l'explication, je dois marquer ce que c'étoit que le Royaume qu'occupoient les Rois qui y font nommés, en quel temps leur Dynaftie avoit commencé, & ce qu'ils étoient auparavant.

Anciennement l'Arménie, étoit confidérée comme faifant deux parties, dont l'une appellée la grande Arménie, s'étendoit vers le Nord, depuis l'Euphrate jufqu'à la Mer Cafpienne. L'autre partie appellée la petite Arménie, s'étendoit vers le Sud, depuis ce fleuve jufqu'en Cilicie. Dans le moyen âge il y avoit le Theme Arméniaque, qui comprenoit une partie de la Cappadoce & du Pont. Après cette troifieme Arménie, étoit le Royaume d'Arménie, qui confiftoit dans les Provinces qui environnoient le Mont-Taurus du côté de la Cilicie, dont il comprenoit la partie qui étoit contiguë à la Syrie, & s'étendoit par-là jufqu'au Golfe d'*Iffus* dans la Mer Méditerranée. C'eft ce qu'on appelloit la quatrieme Arménie, où fe forma la Dynaftie des Rois de qui font nos Médailles en caracteres Arméniens.

Avant le commencement de cette Dynaſtie, il y
avoit pluſieurs Principautés qui étoient ſituées dans
les gorges, détroits & lieux eſcarpés du Taurus, où
les Arméniens profeſſant la Religion chrétienne,
s'étoient retirés pour ſe ſouſtraire aux invaſions & au
joug des Sarraſins & des Turcs. Outre que par leur
ſituation en ces montagnes remplies de rochers & de
précipices, ils n'étoient guere acceſſibles, ils y bâtirent en beaucoup d'endroits des châteaux dont chaque Chef ſe fit un Etat particulier, duquel dépendoit
le Peuple qui habitoit & cultivoit les environs. Ils ſe
réuniſſoient dans les occaſions où ils étoient attaqués
par leurs ennemis communs. Hors delà quoiqu'ils
fuſſent preſque tous fort zélés pour leur Religion,
ils tenoient encore aux mœurs du temps, & ne ſe
faiſoient pas ſcrupule d'uſurper ce qu'ils pouvoient
acquérir par la force des armes, ni même de ſe joindre pour cela aux Infideles. Dans les différents qui
ſurvenoient entre eux, les plus puiſſants s'emparoient
des poſſeſſions des plus foibles, ou du moins exigeoient qu'ils leur rendiſſent hommage. Ils étoient
à cet égard à-peu-près ce qu'étoient en France en
ce temps-là la plupart de ceux qui y poſſédoient
des Seigneuries, leſquels étoient appellés communément du nom de *Barons*, & les Auteurs qui parlent de ces petits Princes Arméniens, les appel-

PLANCHE
I.

lent pareillement *Barons*, nom ou titre qu'ils avoient
pris apparemment des François qui avoient paſſé en
Orient dans les premieres Croiſades, & avec leſquels ils s'allierent en leur donnant de leurs filles
en mariage. Ce fut dans ces circonſtances que parmi ces Princes d'Arménie, qu'on appelloit les Princes des *Montagnes*, il y en eut qui devinrent ſi
puiſſants par les grandes Principautés qu'ils y poſſédoient, & par des terres & des villes qu'ils avoient
acquiſes ou priſes en Cilicie, que s'étant mis à la
tête du Gouvernement, ils s'attribuerent une autorité qui les faiſoit regarder comme Rois du pays.
Ils n'en prirent cependant pas le titre, mais ſeulement celui de Princes ou Seigneurs d'Arménie.
Leur Seigneurie qui étoit héréditaire, paſſa des uns
aux autres durant l'eſpace d'environ un ſiecle. Quoiqu'ils ayent eu preſque tous des noms propres
différents, tels que *Conſtantin*, *Taphnus*, *Turolt*
ou *Toros*, *Léon*, *Thomas*, *Milon* & autres, comme ſelon les apparences ils étoient d'une même famille deſcendants, ſoit par eux-mêmes, ſoit par
leurs femmes d'un Prince d'Arménie qui portoit le
nom de *Rupin*, ils ſont ſouvent appellés *Rupins*
par les Hiſtoriens qui en parlent, & qui font mention non-ſeulement de leurs alliances avec les Rois
de *Jéruſalem* & de *Chypre*, & avec les Princes

d'*Antioche*, d'*Edeffe*, de *Tripoli* & autres ; mais auffi des guerres qui s'éleverent tantôt entre eux, & les Empereurs de *Conftantinople* au fujet de la Cilicie qui leur appartenoit, & avec les Princes d'*Antioche* qui de leur côté en avoient auffi ufur- pé une partie, & tantôt avec les Sarrafins qu'ils repoufferent & combatirent en diverfes occafions, & auxquels ils fe joignirent en d'autres jufqu'à les attirer & les introduire dans leur propre pays. Les détails de toutes ces viciffitudes n'étant point de mon fujet, je les cite feulement pour arriver au temps de *Léon*, qui fut le premier Roi de la qua- trieme Arménie ; mais pour ce qui le regarde, je crois ne pouvoir me difpenfer de faire une men- tion particuliere de fon origine, & des principaux événements de fon regne.

Léon eft appellé Λεβων, par les Auteurs Grecs, & *Levon* ou *Livon*, par la plupart des Auteurs Latins & François, qui ont fuivi en cela la ma- niere dont les Arméniens prononçoient fon nom. Tout ce qu'ils difent de fon origine eft confus & embrouillé. Les uns le font fils, & les autres fre- re (*) de *Rupin*, Prince d'Arménie, auquel il

_____

(*) Il fe peut bien que *Léon* & *Rupin* fe donnaffent le nom de frere, parce qu'il étoit d'ufage en | Orient que les coufins-germains s'appellaffent freres entre eux, & fur ce pied-là, les fils des uns étoient

—— fuccéda dans cette Seigneurie qui comprenoit alors la ville de *Tarfe,* Capitale de la premiere Cilicie, que *Rupin* avoit achetée en 1182 pour une grande fomme d'argent de *Boëmond* III, Prince d'*Antioche,* à qui l'Empereur *Alexis Comnene* l'avoit vendue. Mais il me paroît que *Léon* n'étoit point fils, ni frere de *Rupin,* Prince d'Arménie, & qu'il étoit feulement fon coufin-germain, car fuivant ce qu'on trouve de plus certain dans ces Auteurs, *Rupin* & *Léon* étoient enfants de deux freres, dont l'un appellé *Milon,* laiffa la Seigneurie d'Arménie à fon fils *Rupin* vers l'an 1180 ; l'autre nommé *Etienne,* pere de *Léon* étoit mort auparavant ; *Andronic Euphorbene* que l'Empereur *Manuel* avoit envoyé Gouverneur en Cilicie, l'avoit fait mourir, & donna par-là occafion à *Toros* autre frere d'*Etienne,* de fe fouftraire de l'obéiffance à l'Empereur auquel il s'étoit foumis. Mais ce qui prouve encore mieux que *Léon* étoit fils d'*Etienne,* c'eft particuliérement un titre du mois d'Août, de l'an 1210, dont l'original eft au tréfor des Chevaliers de Malte de *Manofque,* où *Léon* fe dit fils d'*Etienne* en ces termes : *Leo filius Domini Stephani bonæ*

appellés du nom de neveux par les autres. Le même ufage qui avoit eu lieu chez les Romains, & chez d'autres Peuples en Europe, fubfifte encore aujourdhui chez nous, dans la Province de Bretagne.

memoriæ

*memoriæ Dei & Romani Imperii gratiâ Rex om-
nium Armenorum*, &c. D'un autre côté, il y a une
lettre du Pape *Innocent* III, dans laquelle il appelle *Milon* oncle de *Léon* : ainsi celui-ci n'étoit
que cousin-germain de *Rupin* fils de *Milon*, & ce
ne fut point en qualité d'héritier de *Rupin* qu'il
lui succéda dans la Seigneurie d'Arménie. Le gouvernement lui en fut seulement commis par *Rupin*, en lui donnant la tutelle de ses deux jeunes
filles, dont l'aînée appellée *Alix*, fut ensuite mariée
à *Raymond* fils aîné de *Boëmond* III, lequel mourut avant son pere, & laissa un fils nommé *Rupin*,
comme le pere de sa femme. C'étoit à elle & à
son fils que la Seigneurie d'Arménie appartenoit de
droit ; *Léon* non-seulement la retint pour lui, mais
dans la suite il la fit ériger en Royaume en sa faveur, comme il sera marqué ci-après. Il n'est point
dit quand il s'étoit mis en possession de la Seigneurie ; on voit seulement que ce fut avant l'année
1190, en laquelle il envoya des Ambassadeurs,
& des vivres à l'Empereur *Frédéric* I. qui devoit
passer par ses Etats avant que d'aller en la Terre
Sainte, & que l'année suivante il accompagna *Guy
de Lusignan*, Roi de *Jérusalem*, lorsqu'il passa en
l'Isle de Chypre pour aller à la rencontre de *Ri-
chard*, Roi d'Angleterre. Trois ans après il eut

P L A N C H E
I.

Q

de grands différends avec *Boëmond* III, Prince d'*Antioche*, tant au fujet de l'hommage dont ce Prince prétendoit que la Seigneurie d'Arménie étoit tenue envers la Principauté d'*Antioche*, que fur ce que *Léon* s'étoit emparé de plufieurs Places dépendantes de cette Principauté. *Boëmond* n'étant pas en état de faire valoir fes droits & fes prétentions par la force des armes, la haine & la jaloufie qu'il avoit conçues contre *Léon*, dont la puiffance s'accroiffoit tous les jours, l'aveuglerent au point qu'il forma le projet inconfidéré de le furprendre & de fe faifir de fa perfonne, de la même maniere qu'il avoit fait *Rupin* prifonnier, dans une conférence à laquelle il l'avoit invité, & fans fonger que fa mauvaife foi qui étoit connue de *Léon*, l'obligeroit à fe précautionner contre le piege qu'il vouloit lui tendre ; il lui propofa de fe rendre dans un lieu indiqué, chacun accompagné de deux hommes, pour conférer enfemble fur les moyens qui pouvoient produire entre eux un accommodément. *Léon* prit en effet la précaution de fe faire fuivre par deux cent cavaliers qui s'arrêterent à une petite diftance du rendez-vous, d'où ils ne pouvoient être apperçus, avec ordre d'accourir au premier fignal qui leur en feroit donné, ce qui fut exécuté lorfque *Léon* eut été aver-

ti de la trahifon qu'on lui tramoit, de forte que
Boëmond qui comptoit le furprendre fut furpris lui-
même & conduit prifonnier en Arménie ; d'où il
pria l'Empereur *Henri* VI, qui étoit alors en la Terre-Sainte, de s'entremettre pour lui procurer la
liberté, qu'il voyoit bien ne pouvoir lui être ren-
due que par fon moyen : à quoi l'Empereur fe
prêta d'autant plus volontiers, qu'il lui paroiffoit que
cette querelle étoit de nature à caufer des troubles entre tous les Chrétiens de l'Orient. Suivant la
plupart des Auteurs, il paffa pour cet effet en Arménie, où il fut reçu avec tout le refpect imagi-
nable par *Léon* qui lui remit toutes fes Places en
fon obéiffance, & fe foumit à ce qu'il décideroit
fur fes différends avec *Boëmond*, bien réfolu toutefois de ne donner la liberté à ce Prince qu'à des
conditions qui lui feroient avantageufes. Par l'accord qui fe fit, il fut arrêté qu'il feroit mis en liberté ; que *Léon* garderoit tout ce qu'il avoit con-
quis fur la Principauté d'*Antioche*, laquelle rele-
veroit à l'avenir de la Seigneurie d'Arménie ; que
Boëmond en feroit vaffal & feroit hommage à
Léon ; & que pour cimenter une concorde ftable
entre eux, *Raymond* fils aîné de *Boëmond*, épou-
feroit la Princeffe *Alix* fille aînée de *Rupin*, Prince
d'Arméhie. Après cela, difent les mêmes Auteurs,

PLANCHE I.

Q ij

Léon pria l'Empereur de vouloir bien lui donner la couronne & le titre de Roi, attendu qu'il étoit affez puiffant en terres & en provinces pour en être revêtu, ce qui lui fut accordé. D'autres prétendent, & c'eft avec plus de fondement, ce me femble, que l'Empereur ne fe tranfporta pas en Arménie, mais qu'il y envoya *Conrad*, Archevêque de *Mayence*, pour terminer en fon nom les démêlés des deux Princes, & pour couronner *Léon*, cérémonie qui fe fit avec grande folemnité. Quelques-uns, comme *Baronius*, difent que la couronne lui fut envoyée, tant de la part de l'Eglife Romaine, que de la part de l'Empereur. Cependant *Léon* ne fait point mention du faint Siege dans fes titres, où il fe dit *Leo per Dei & Romani Imperii gratiam Rex omnium Armenorum*. Il y en a qui difent encore qu'il envoya un Ambaffadeur au Pape & à l'Empereur *Othon* IV. pour les prier de trouver bon qu'il fit hommage de fon Royaume à l'un & à l'autre, ce que le Pape & l'Empereur accorderent, fauf le droit de l'héritier, qui étoit le *jeune Rupin*. Il eut enfuite d'autres différends avec *Boëmond* IV, Prince d'*Antioche*, au fujet de cette Principauté qui appartenoit de droit au *jeune Rupin*, qu'il appelloit toujours fon *neveu*, (*) & au nom

_____

(*) Léon en qualité de coufin-germain de *Rupin*, Prince d'Armé-

duquel il fit la guerre à ce Prince pour l'obliger à
la lui rendre ; mais ce n'étoit qu'un prétexte pour
agrandir ſes Etats ; car quoiqu'il parût regarder
Rupin comme ſon héritier légitime , & qu'il l'eût
même fait couronner Roi par l'Empereur *Othon* VI,
& obligé les *Barons* du pays à lui faire
hommage, il le chaſſa d'*Antioche* après qu'il s'en
fut emparé, & ne voulut pas le voir dans la ma-
ladie dont il mourut en 1219. Il avoit été excom-
munié auparavant, à l'occaſion des démêlés qu'il
eut avec les Chevaliers du Temple, dont il eſt fait
mention dans les lettres du Pape *Innocent* III. Il
laiſſa une fille appellée *Iſabelle*, qu'il avoit accordée d'abord au fils d'*André*, *Roi de Hongrie*, &
enſuite à *Jean de Brienne*, *Roi de Jéruſalem* ; mais
ces mariages n'ayant point eu leur effet, il char-
gea de la tutelle de ſa fille, *Conſtans* ſon couſin ,

nie, étoit oncle à la mode de Bretagne d'*Alix* ſa fille aînée, &
c'étoit par cette raiſon ſans doute,
qu'il appelloit *Rupin*, fils d'*Alix*,
ſon neveu. Il paroît auſſi que le
nom de *Rupin* que portoit ce
jeune Prince, ainſi que ſon aïeul,
étoit un nom propre, & non pas
un ſurnom. Quand *Anne Comnene*
parlant de *Léon* & de *Toros*, les
a appellés les *Rupins*, c'eſt qu'ils
étoient de la même famille. Il n'eſt

pas à préſumer qu'elle entendît
que ce fût un ſurnom provenant
du mot Latin *Rupes*, rochers, comme quelques-uns le prétendent,
parce que d'autres Princes qui
avoient des châteaux ſur le mont
Taurus, ont été appellés Princes
des Montagnes *de Montanis*. C'eſt
ce qui ne ſe pouvoit dire de Rupin,
Seigneur d'Arménie, & encore
moins de *Rupin* ſon petit-fils qui
n'y poſſédoit rien.

l'un des plus puiſſants *Barons* du Royaume, lequel la maria en 1221 à *Philippe*, fils puis-né de *Boëmond* IV. Il lui procura par ce mariage le Royaume d'Arménie, par préférence à pluſieurs autres qui y prétendoient à différents titres. Du nombre des prétendants fut le Prince *Rupin*, que *Léon* avoit chaſſé comme il a été marqué ci-devant. Il alla trouver *Pélage, Légat du Pape* au ſiege de *Damiete*, pour avoir des ſecours qui le miſſent en état de recouvrer le Royaume d'Arménie, & la Principauté d'*Antioche.* Etant venu en Arménie avec les troupes qu'il obtint, il fut reçu dans la ville de *Tarſe* & reconnu Roi ; mais il y fut fait priſonnier bientôt après par *Conſtans*, qui le laiſſa mourir en priſon. Cependant *Philippe* ne jouit pas long-temps du Royaume que la fille de *Léon* ſa femme lui avoit apporté ; car s'étant attiré par ſa mauvaiſe conduite le mépris & la haine des Peuples, *Conſtans* en prit occaſion l'année ſuivante 1222 de ſe rendre maître du Royaume, & lui ôta la vie en même-temps. Il fit enſuite épouſer la Reine veuve, malgré elle, à *Haithon* ſon fils aîné, qui devint par ce mariage Roi d'Arménie; & pour aſſurer ſon uſurpation il ſe défit de ſoixante & deux *Barons* d'Arménie, qu'il fit pareillement mourir. Pendant tout le temps qu'il vécut, il gouverna le Royaume ſous le nom de ſon fils, ſoit

en qualité de Connétable , foit en celle de Bail ou de ═══════
Régent. Les Hiftoriens ne parlent point du temps de
fa mort. Il paroît feulement qu'il vivoit encore en
1238 , lorfque le Sultan d'Egypte envoya une armée en Arménie , pour faire le fiege de la ville de
Tarfe , durant lequel ce Sultan mourut ; ce qui
donna lieu à la levée du fiege , lorfque la ville étoit
fur le point de fe rendre. Il eft incertain fi ce fut
fous la régence de *Conftans* , ou après fa mort que
Sinibalde , l'un de fes autres fils , Connétable d'Arménie , fut envoyé en ambaffade auprès du *Kan*
des Tartares , pour voir s'il y auroit moyen de faire
un traité d'alliance avec lui. Quoi qu'il en foit ,
c'eft du gouvernement d'*Haithon* , dont je dois parler à préfent. Je lui attribuè la dernière Médaille de
cette Planche , attendu qu'il eft beaucoup plus re-
nommé dans l'Hiftoire que ne l'eft un autre *Haithon*
qui fut auffi Roi d'Arménie quelque temps après,
& ne régna que 2 à 3 ans , fans qu'il fe foit paffé
rien de bien remarquable fous fon régne.

Prefque tous les Auteurs appellent *Haithon* ,
le Roi dont le nom eft écrit *Hethoum* fur notre
Médaille. Quelques-uns l'ont auffi appellé *Othon* ,
& d'autres *Hatem*. Joinville & Guillaume de Nangis
qui parlent de lui , ne l'appellent que du nom de
Roi d'Arménie , fans faire mention de fon nom

propre. Ils difent qu'après l'arrivée de Saint Louis en l'Ifle de Chypre en 1248, il lui envoya des Ambaffadeurs avec des préfents, parmi lefquels il y avoit un magnifique pavillon qui avoit appartenu au Sultan d'*Icone*; qu'il lui offrit en même-temps fes fervices & même tout fon Royaume; que Saint Louis reçut honorablement ces Ambaffadeurs, & que pour faire ceffer les troubles que caufoient parmi les Chrétiens du pays, les démêlés qui fubfiftoient toujours entre les Rois d'Arménie, & les Princes d'*Antioche*, il engaga le Roi & le Prince qui poffédoient alors ces Etats à convenir d'une treve de deux ans, dont le traité fut figné devant lui par des Députés de part & d'autre, qui étoient munis de pouvoirs néceffaires à cet effet.

A l'occafion du pavillon qui avoit été dérobé au Sultan d'*Icone*, & qui faifoit partie des préfents offerts à Saint Louis par le Roi d'Arménie, Joinville fait mention des richeffes immenfes que ce Sultan poffédoit, & dit que fur la renommée qui s'en étoit répandue en Chypre, ces richeffes furent un appas pour plufieurs de l'armée des Croifés, qui pafferent en Arménie dans l'efpérance de les partager avec les Tartares, que le Roi d'Arménie avoit envoyé demander au *Kan* pour faire le fiege d'*Icone*, & fe délivrer par la prife ou par la ruine de cette

cette Place de la fervitude & du tribut que le Sultan

exigeoit des Rois d'Arménie, à quoi il parvint,
ajoute l'Auteur, par le fuccès d'une bataille dans
laquelle toute l'armée du Sultan fut entiérement
détruite, de forte qu'on n'entendit plus parler de lui.
Je ne trouve point qu'il foit fait mention de cette
expédition par aucun autre Auteur, & il y a lieu de
juger par les circonftances que Joinville en rapporte
au temps où Saint Louis étoit en Chypre, que fur
les nouvelles vraies ou fauffes, qui en étoient venues
en France plufieurs années après qu'il y fut revenu, il
aura cru devoir en faire mention dans l'Hiftoire de
ce Prince, comme d'un événement qui y avoit quelque rapport.

Guillaume de Nangis dit qu'*Henri de Lufignan*,
Roi de Chypre, avoit reçu, avant l'arrivée de Saint
Louis en cette Ifle, une lettre de *Sinibalde*, Connétable d'Arménie fon beau-frere, qui, comme je
l'ai déja marqué, étoit allé en ambaffade auprès du
Kan des Tartares. Par cette lettre il lui rendoit
compte de fon voyage & lui mandoit, entre autres
chofes, qu'il avoit été bien reçu dans tous les lieux
où il avoit paffé; que par-tout il avoit trouvé le
pays peuplé de Chrétiens qui y étoient libres, &
traités avec la plus grande faveur par les ordres du
Kan, qui étoit auffi Chrétien; que depuis huit mois

R

il avoit marché nuit & jour, & paſſé par *Bagdat*, & qu'arrivé à *Soutequant*, (*) d'où il écrivoit, il n'étoit pas encore au milieu des terres du *Kan*, dont l'Empire étoit d'une telle étendue, que les Grands du pays qui étoient en diverſes provinces éloignées, furent cinq ans à pouvoir s'aſſembler pour élire & couronner le *Kan* qui régnoit alors. Sans entrer dans la queſtion de ſavoir s'il y a faute ou non, dans les Manuſcrits où il auroit pu être écrit cinq ans au lieu de cinq mois, je vous dirai ſeulement qu'*Abulfarage* & *Bayadur* dans l'Hiſtoire des Tatars, rapportent de leur côté qu'après la mort d'*Ugataï*, ou *Ogtaï Kan* arrivée en 1245, il fut envoyé des Couriers à tous les Grands de l'Empire, & aux Princes des Etats voiſins qui devoient, ſuivant l'uſage, ſe trouver au Conſeil Général, appellé *Kuriltaï*, où ſeroit élu ſon ſucceſſeur, & que ce Conſeil ſe tint au printemps de l'année ſuivante. *Abulfarage* fait particuliérement mention de tous ceux qui y vinrent des provinces de l'Empire & des Etats voiſins, & il met de leur nombre le *Connétable* d'Arménie. C'eſt cette circonſtance qui me fait vous parler ici de la maniere dont le *Kan* avoit été élu, parce qu'elle fait voir d'une part en quelle con-

_____

(*) Je ne ſais point où étoit cette Ville dont je ne trouve pas qu'aucun autre Auteur ait fait mention.

fidération étoient les Rois d'Arménie en ce temps-là,
& d'autre part en quelle année le *Connétable* étoit
allé en Tartarie. Ce fut fans doute en 1245, pour le
plus tard qu'il partit pour fon ambaffade, puifqu'il
affifta à l'élection du *Kan* au printemps de l'année
1246, & qu'il avoit été huit mois à fe rendre à
Soutequant, ville qui devoit être fort éloignée de
celle où fe fit cette élection. Les Auteurs qui ont
parlé de fon voyage, difent qu'il fut de quatre ans,
& qu'à fon retour *Haithon* prit la réfolution d'aller
lui-même à la Cour du *Kan*, fur le récit que le
Connétable lui fit de tous les bons traitements qu'il
en avoit reçu. Mais il faut que le voyage de celui-ci
ait été de bien plus de quatre ans, ou que *Haithon* n'ait entrepris le fien que plus de trois ans
après fon retour ; car il ne partit qu'au printemps de
l'année 1252, fuivant *Abulfarage*, Auteur con-
temporain & Arménien, qui fpécifie le jour de fon
départ de la ville de *Sis*, dans la Semaine-Sainte,
après avoir fait fes Pâques, & qui à cette occafion
fait mention d'une avanture arrivée au Roi dans fon
voyage, lequel la lui raconta lui-même deux ans
après en être revenu. Cette avanture eft que s'étant
travefti en Valet d'un confident qui l'accompa-
gnoit en paffant par le pays des Turcs, afin de n'y
pas être reconnu, à fon entrée dans la ville d'*Ar-*

ʒengan (ᵃ), un Marchand du lieu qui avoit été à *Sis*, pour son commerce, s'écria en voyant les deux Voyageurs, *si mes yeux ne me trompent pas, celui-là est le Roi de Sis*; sur quoi l'autre se tourna aussi-tôt vers son prétendu Valet qui conduisoit à pied son cheval par la bride, & lui donna un soufflet, en disant: *Comment, Maraud, toi qui es de l'extraction la plus obscure & la plus abjecte, tu ressembles à des Rois!* Cela fit taire le Marchand qui crut s'être trompé, & eux, sans s'arrêter, continuerent leur chemin.

Avant le départ d'*Haithon* le *Kan* appellé *Cajuk*, qui avoit si bien reçu le *Connétable*, étoit mort, & l'un de ses neveux nommé *Mango* par les uns, & *Muncaca* par les autres, lui avoit succédé en l'année 1251 (ᵇ). *Haithon* en fut très-bien accueilli & il sut se mettre si bien dans son esprit, qu'il obtint de lui tout ce qu'il lui demanda en fa-

---

(ᵃ) *Arʒengan* étoit une Ville située au-delà du mont *Taurus* dans la petite Arménie, qui étoit possédée par les Turcs Selgioucides.

(ᵇ) *Bayadur*, Kan des Tartares, qui a écrit en 1665 l'Histoire que nous avons des *Tatars*, y met en 1250 l'avénement de *Mongo* à l'Empire peu de temps après la mort de *Cajuk*, Kan son pere. Il ne dit point que ni l'un ni l'autre eussent embrassé le Christianisme, ni qu'*Haolon*, qu'il appelle *Halaku*, eût été chargé de protéger les Chrétiens dans la commission que *Mango* lui donna d'aller avec une armée soumettre les Peuples qui étoient à l'Occident de la Tartarie. Il y a lieu de juger que c'est parce que cet Auteur étoit Mahométan, qu'il n'a pas fait mention des événements, qui répugnoient à ses sentiments sur la Religion.

veur des Chrétiens, & à fon propre avantage. La
premiere chofe à laquelle il travailla fut d'engager
ce Prince, qui n'avoit pas encore embraffé le Chrif-
tianifme, à recevoir le baptême ; à quoi il parvint
avec l'aide d'un *Evêque* qui étoit *Chancelier* du Royaume d'Arménie ; lequel baptifa auffi plufieurs
Grands de la Cour des deux Sexes, & beaucoup
d'autres. Le *Kan* charga enfuite un de fes freres, appellé *Haolon,* & *Halaku* par divers Ecrivains, d'aller avec le Roi d'Arménie, à la tête d'une grande
armée reconquerir la Terre-Sainte, dont les Infideles s'étoient rendus les maîtres, & de combattre,
chemin faifant, les Sarrafins & les Turcs. Ils fub-
juguerent tous ceux de ces deux Nations qu'ils ren-
contrerent jufqu'au pays des *Affaffins* ; où étant arrivés fur la nouvelle qu'*Haiton* y reçut de la
mort du *Connétable* fon frere, à qui il avoit remis
le Gouvernement de fon Royaume en fon abfen-
ce, il demanda à *Haolon* la liberté de s'en retour-
ner. Après fon départ le Prince Tartare fit bloquer
par un détachement de fon armée, la fortereffe
des Affaffins, appellée *Tigado,* foit qu'il la jugeât
imprenable par la force, foit qu'il craignît d'être
détenu trop long-temps à en faire le fiege. Les
Peuples qui l'habitoient, appellés Affaffins, étoient
de la même fecte que les autres Affaffins qui poffé-

PLANCHE
I.

doient des châteaux dans les montagnes du *Liban*
en Syrie. Le pays des premiers étoit fitué entre la
Tranfoxane & la Perfe. Il eft dit que les Tartares
eurent la conftance de les tenir bloqués pendant 17
ans, & même pendant 27, fuivant le Moine Ayton;
& qu'au bout de ce temps manquant de toute fubfif-
tance, & réduits à la plus affreufe mifere, ils fe
rendirent aux Tartares. Cependant Haolon paffa dans
la Perfe; d'où après l'avoir foumife, il alla affiéger
Bagdat, & faire d'autres conquêtes qu'il partagea
avec *Haithon*, fuivant les ordres que le *Kan* fon
frere lui en avoit donnés. De-là fe propofant d'aller faire auffi le fiege de la ville de *Rohais* (*), en
Méfopotamie avant que de paffer en la Terre-Sainte,
il manda au Roi d'Arménie de venir le joindre
avec les troupes qu'il pourroit lui amener. Le Moine
Ayton, qui vivoit en ce temps-là, comme il le
dit lui-même dans l'Hiftoire qu'on a de lui, rapporte qu'alors le Royaume d'Arménie étoit fi puiffant qu'il pouvoit mettre en campagne douze mille
chevaux & quarante mille fantaffins. Le Roi ayant
joint *Haolon*, lui confeilla d'aller faire le fiege
d'*Alep*, plutôt que celui de *Rohais*, parce qu'en
prenant cette premiere ville qui étoit la plus riche

(*) La Ville qui eft appellée *Rohais* par le Moine *Ayton* eft celle
qui étoit appellée *Edeffe* par les Grecs & les Latins.

& la plus importante de toutes les villes de Syrie, les autres fe foumettroient auffi-tôt après, & qu'il feroit facile d'aller enfuite faire le fiege de *Jérufalem.* Il y a des Auteurs qui difent que *Haolon* fuivit le confeil du Roi, & qu'il alla tout de fuite faire le fiege d'*Alep.* D'autres prétendent qu'il fut auparavant affiéger *Rohais,* que le Roi d'Arménie l'y joignit avec fon armée, & qu'ils prirent enfemble cette ville & celle de *Samofate* avec quelques autres. C'eft ce qui paroît le plus vraifemblable, parce que ces villes étoient fur la route que les Tartares, partant de *Bagdat,* ont dû tenir pour venir paffer l'Euphrate, & entrer par-là en Syrie. Après y être arrivés, ils s'emparerent de la ville d'*Alep,* dont le fiege ne dura que neuf jours, & ils prirent enfuite beaucoup d'autres villes qui étoient occupées par les Sarrafins. Quelques-uns prétendent même qu'ils prirent auffi les châteaux des Affaffins, & que tous ceux qui étoient de cette fecte redoutable aux Rois, & à tous les humains, furent mis à mort avec le *Vieux de la montagne* leur chef, fans épargner les femmes ni les enfants, afin que la race en fût entiérement éteinte. Cependant fuivant Abulfeda, il y en avoit encore en l'année 1280, dans laquelle *Bibart,* Sultan d'Egypte, acheva de les détruire en faifant prendre le refte

de leurs châteaux par un de ſes Lieutenants. Quoi
qu'il en ſoit, le Prince Tartare & le Roi d'Arménie, après leur expédition contre les Aſſaſſins, al-
lerent achever, par la priſe de *Damas*, la réduction
de toute la Syrie, dont *Haolon* céda une partie à
Haithon, & particuliérement les places & les terres qui étoient voiſines de l'Arménie, & le plus à
ſa bienſéance. Mais pour lors (c'étoit en 1260)
le Prince Tartare ayant appris la mort de *Mango-
Kan* ſon frere, s'en retourna, ne laiſſant qu'un détachement de ſon armée en Syrie. Quelque temps
après *Haithon* mena aux Tartares, attaqués par les
Sarraſins dans une de leurs provinces, des ſecours
qu'ils lui avoient demandés, & pendant ſon abſen-
ce le Sultan d'Egypte reprit la Syrie, fit une inva-
ſion en Arménie, & ſe rendit maître de preſque
tout le Royaume, au moyen d'une victoire qu'il
remporta ſur l'armée qui avoit été raſſemblée à la
hâte par les deux fils du Roi, dont l'un fut tué
dans la bataille, & l'autre fait priſonnier. Leur pere
à ſon retour n'ayant pu être ſecouru par les Tartares
qui étoient occupés ailleurs, fut obligé de s'accom-
moder aux circonſtances du temps, & fit une treve
avec le Sultan auquel il céda pluſieurs Places, &
en démolit d'autres pour obtenir la liberté de ſon
fils qui lui fut renvoyé. Enſuite il lui remit la couronne

ronne, & après avoir régné pendant 45 ans, & beaucoup travaillé pour les Chrétiens, s'enferma dans un Monaftere où il prit l'habit de Moine, & mourut incontinent après en l'année 1270.

P LANCHE
I.

Si vous trouvez que contre ma coutume, j'aie difcouru trop longuement dans le préfent article fur les deux Rois qui ont fait frapper les dernieres Médailles de cette Planche, de même que je l'ai fait dans les articles précédents concernant celles de *Phrahates* IV, Roi Parthe, & d'*Arfamus*, Roi d'Arfamofate, je vous dirai d'abord pour excufe que la prolixité eft un défaut affez ordinaire aux hommes de mon âge qui m'eft par conféquent pardonnable, & en fecond lieu que l'Hiftoire des Rois d'Arménie étant très-peu connue, j'ai cru bien faire d'extraire & de raffembler ce que j'ai trouvé de plus mémorable touchant les deux Rois d'Arménie en queftion dans un grand nombre d'Ouvrages qui font écrits en diverfes Langues, & que perfonne ne lit guere. Cependant j'ai encore à vous entretenir de leurs Médailles, & pour finir par où j'aurois peut-être dû commencer, je vais vous parler des types & des légendes qu'elles contiennent.

Sur celles de Léon, l'on voit d'un côté une tête de lion qui eft ornée d'une couronne, & autour une légende en caraĉteres Arméniens qui fignifie *Léon*

S

Roi des Haicaniens. On pourroit penfer que ce Prince auroit été ainfi repréfenté avec la tête d'un lion,
foit par allufion à fon nom, foit pour marquer fon
courage & fa force; mais il feroit fort extraordinaire
que fur des Médailles frappées en fon honneur, on
eût figuré fa tête fous celle d'un animal. J'ai bien rapporté M. I. p. 218, une Médaille finguliere de *Léon* I,
Empereur de *Conftantinople*, fur laquelle un lion
eft repréfenté; mais la tête de l'Empereur eft d'un
côté, & le lion au revers. N'y auroit-il pas plutôt lieu de croire que ce font les armes d'Arménie
qui font repréfentées fur ces Médailles-ci. On voit
dans les armoiries des Royaumes, que les armes
d'Arménie étoient d'or au lion couronné de gueules.
Au revers la légende qui eft autour d'une croix fignifie *frappé dans la ville de Sis.* Il m'a paru que ces
Médailles doivent être référées à *Léon* I. du nom
plutôt qu'à aucun des quatre autres Rois d'Arménie
du même nom, ne trouvant point de circonftances
fous leur regne qui ayent pu occafionner leur fabrication, tandis qu'il y en eut une très-propre
pour cela fous *Léon* I, favoir le temps où le titre
de Royaume fut donné à fes Etats, & où fon cou-
ronnement fe fit avec la plus grande célébrité. Au
lieu de fe faire repréfenter en perfonne fur les Médailles qui furent fabriquées en cette occafion, peut-

être aima-t-il mieux y faire mettre les armes du
Royaume, qui venoit d'être érigé en sa faveur.

Quant à la Médaille d'*Haithon*, il y est représenté en habit royal avec une couronne sur la tête,
assis sur un siege en forme de trône soutenu par un
lion de chaque côté, tenant de la main droite un
sceptre terminé par une espece de fleur-de-lys, &
de la main gauche un globe surmonté d'une croix.
Le type du revers est aussi une croix, mais qui est
formée autrement que sur les Médailles de *Léon*.
A l'exception du nom différent des deux Rois, les
légendes des unes & des autres sont entiérement les
mêmes en ce qui concerne leur signification ; c'est-
à-dire, qu'ils y sont également qualifiés de Rois
des *Haicaniens*, & qu'il y est aussi pareillement
marqué qu'elles ont été frappées dans la ville de
Sis. J'en ai une autre semblable à celle-ci d'*Haithon*,
hors que sur le côté où il est représenté, une partie
de la légende est effacée. Mais s'il n'y a point de
différences dans la signification des légendes de
ces diverses Médailles, il s'en trouve plusieurs qui
méritent d'être remarquées dans la forme & dans le
nombre des caracteres, dont elles sont composées.
J'ai estimé nécessaire d'en faire ici mention pour
prévenir les doutes & les soupçons que vous pour-

PLANCHE
I.

J'ai depuis la publication de cette lettre un particulier qui avoit une autre médaille du Roi Haithon a bien voulu me la céder. Elle ne differe des miennes que par la maniere dont il y est representé, scavoir a cheval dont il tient la bride de la main gauche et son sceptre de la droite.

riez concevoir en appercevant autant de différences fans en connoître les caufes.

Il faut d'abord obferver que toutes ces Médailles font de coins différents, ce qui fe reconnoît à la variété qu'il y a dans le nombre & dans la forme des caracteres des légendes. La variété dans le nombre provient de l'ufage où étoient les Arméniens de fupprimer des lettres en plufieurs mots qu'il étoit aifé aux Lecteurs de fuppléer. Tel eft le mot H, A, J, U, O, TS. *Haicaniens*, qui eft écrit de trois façons, favoir avec fix lettres Arméniennes fur la Médaille de M. Savorgnan, & fur plufieurs des miennes, avec cinq lettres H, A, J, U, O, fur une autre, & avec quatre lettres feulement H, A, J, O fur celle d'*Haithon*. Il en eft de même du nom de la ville de *Sis*, qui eft écrit avec trois lettres fur plufieurs de mes Médailles, & fur d'autres avec deux qui font S I, fans la derniere lettre S dans les unes, & S S fans la lettre I du milieu dans les autres. La variété dans la forme des caracteres n'eft pas moins remarquable. Le premier par lequel commence la légende des revers, lequel eft figuré comme un C, & a la valeur de nos lettres *ch*, ne fe trouve dans aucun des Alphabets connus, ni dans les Livres imprimés en Arménien. Sur la Mé-

daille de M. Savorgnan, & fur quelques-unes des
miennes le caractere figuré comme notre U majuf-
cule, a la valeur d'un A & d'une S, fans qu'il y
ait aucune différence dans leur forme ; cependant
fur toutes les autres le caractere A eft diftingué du
caractere S par un petit trait qui eft au bas tourné
à droite de maniere qu'il reffemble à notre *u*
voyelle courante, & c'eft de cette forte que l'*Aiph*
Arménien eft figuré dans les Alphabets & dans les
Livres imprimés.

PLANCHE
I.

J'ajoute que le troifieme caractere dans le nom
Arménien de *Léon*, lequel a ordinairement la valeur de nos lettres *ou* fe prononçoit comme un V
confonne, quand dans un mot il fe trouvoit entre
deux voyelles, & que fouvent auffi on ne le prononçoit en aucune façon, étant pris alors pour une
lettre muette. C'eft par cette raifon que le Roi
dont le nom eft écrit en Arménien fur nos Médailles par les lettres L, E, O U, O, N. a été appellé, tantôt *Léon*, tantôt *Levon* & *Livon* par les
François & Latins, & Λεθονη par les Grecs. Le même caractere *ou* ne fe prononçoit point dans le
nom d'*Haithon*, qui eft écrit fur fa Médaille, par
les lettres qui ont la même valeur que les fuivantes
H, E, TH, O, O U, M. Il n'eft pas étonnant que
ce nom ait été écrit de différentes manieres par

des Auteurs Européens, qui prononçoient & écrivoient si diversement tous les noms propres Orientaux ; mais je ne conçois point pourquoi *Abulfarage*
qui étoit d'une ville d'Arménie, & qui sans doute
savoit bien la langue qui s'y parloit, a toujours
appellé le Roi *Haithon*, du nom de *Hatem* dans
son Histoire des Dynasties écrite en Arabe. C'est
le seul qui ait écrit ce nom avec une *m* à la fin,
comme elle est dans le nom Arménien. Au reste
il seroit superflu de marquer ici toutes les différences qui se trouvent dans la forme & dans la
prononciation des autres majuscules, comparées
avec celles qui sont rapportées dans les Alphabets
& dans les Grammaires en langue Arménienne qui
a jusqu'à 38 & même 39 lettres de valeur différente, dont plusieurs sont d'ailleurs figurées de deux
& de trois façons. Ainsi je ne vous dirai rien de
plus sur ce sujet.

Mais j'estime qu'il est à propos de remarquer
pourquoi les Arméniens sont appellés HAJUOTS
sur nos Médailles, & nommés conséquemment
Haicaniens par les Auteurs Latins & François. C'est
qu'à l'exemple de presque tous les anciens Peuples
d'Orient qui faisoient remonter leur origine jusqu'à
la plus haute antiquité, les Arméniens prétendoient
descendre de *Haik*, que les uns disoient avoir été

le cinquieme defcendant de *Noé*, & que d'autres ont fait vivre avant la deftruction de *Babel*. Suivant ceux-ci, il fut le premier qui parla la langue *Haicanienne*, laquelle étoit fort différente de celle qui fe parle aujourd'hui en Arménie, & n'eft entendue que par les gens de lettres qui en ont fait une étude particuliere. Les mêmes Auteurs difent encore que *Haik* eut un fils nommé *Armenak*, & que c'eft de-là que font venus les noms d'Haicaniens & d'Arméniens.

PLANCHE I.

La ville de *Sis*, où ont été frappées les Médailles des deux Rois, étoit fituée fur une montagne à 8 ou 10 lieues au Nord-Eft d'*Anaʒarbe*, Métropole de la feconde Cilicie. Ce n'avoit été d'abord qu'un château chef-lieu d'une Principauté particuliere, laquelle étoit appellée *Belad Sis*, pays de *Sis*, & enfuite *Belad Léon*, pays de *Léon*, qui la poffédoit avant que d'avoir pris le gouvernement de l'Arménie à la mort de *Rupin*, qui lui donna la tutele de fes filles. Après que l'Arménie eut été érigée en Royaume, la Ville de *Sis*, où vraifemblablement il étoit né, en fut faite la Capitale. En même-temps le fiege du Patriarche de ce Royaume y fut établi, & elle prit alors le titre de Métropole. Sous le regne de *Philippe* qui fuccéda à *Léon* & fous celui d'*Haithon*, la contrée

où étoit cette ville , fut appellée *Belad-béni-Léon*,
le pays des defcendants de Léon. Dans les ravages
que fit en Arménie l'armée que le Sultan d'Egypte
y renvoya en 1266 , pendant que le Roi en étoit
abfent, la ville de *Sis* ne fut pas épargnée par les
ennemis qui en firent les habitants efclaves , la
faccagerent , y mirent enfuite le feu, & la détrui-
firent entiérement.

   Après tout ce que je viens de vous dire au fujet de *Léon* & d'*Haiton* , Rois d'Arménie, dont
nous avons des Médailles, j'ai penfé que ce feroit
ici le lieu de faire mention de *Léon* V , dernier
Roi de cette Dynaftie , dont au défaut de Médailles en fon nom , l'on a dans Paris le tombeau avec
une épitaphe de laquelle je vous parlerai ci-après.
Ce Prince ayant été chaffé de fon Royaume par les
Turcs, vint en Europe pour demander des fecours
de troupes aux Princes Chrétiens qui ne fe trouverent pas en état de lui en donner : mais le Roi
Charles VI le reçut honorablement à Paris , où il
fe retira en 1356 felon les uns, & en 1358 felon les autres. Il y fut traité en Roi, & entretenu
libéralement par de fortes penfions jufqu'à fa mort
qui arriva en l'année 1393. On lui érigea un magnifique tombeau de marbre , qu'on voit dans l'E-
glife des Céleftins , où il fut inhumé & fur lequel
                                                      on

on lit. « Ci gît très-noble & excellent Prince
» *Ilyon de Liʒingnen , quint Roi Latin* du Royau-
» me d'Arménie , qui rendit l'ame à Dieu, à Paris
» le xxixe jour de Novembre de l'an de grace M.
» CCCIIII^{xx}. & XIII. Priez pour lui ».

PLANCHE
I.

Cette épitaphe a fourni matiere à un Savant célebre , mort vers la fin du dernier fiecle , de faire
des remarques fur l'expreffion de *quint Roi Latin* ,
lefquelles étoient jointes à d'autres Manufcrits de fa
main ; elles m'ont été communiquées , & voici en
fubftance ce qu'il en dit. « Il eft indubitable qu'il
» y eut un Roi d'Arménie , entre *Conftantin* & *Léon*
» qui mourut à Paris. Le nom de ce Roi ne paroît
» pas avec certitude dans les Auteurs. Le dernier
» *Léon* étant qualifié *quint Roi Latin* , dans fon
» épitaphe , il faut qu'il y ait eu quatre autres Rois ,
» lefquels n'étoient pas originaires d'Arménie , mais
» iffus de familles Latines qui l'euffent précédé. De
» ces quatre Rois , le premier fut *Guy de Lufignan* ,
» le fecond *Conftans* , le troifieme *Conftantin* , le
» nom du quatrieme eft incertain. Quelques-uns
» l'appellent *Léon* ; mais ils le confondent avec
» *Léon* V , & conviennent que fes Etats lui ayant
» été enlevés par les Turcs , il tomba entre leurs
» mains , & qu'ils le firent mourir avec fa femme
» & fon frere ».

T

A ces remarques l'Auteur ajoute qu'il étoit per-
suadé que le prédécesseur de Léon V se nommoit
plutôt *Drago*, duquel on a quelques monnoies
d'argent de la grandeur d'un teston & un peu plus
pesantes. « Il y en a deux, dit-il, dans le Cabinet
» du Roi, dont l'une représente d'un côté une
» Sainte à demi-corps, le corps étendu, le chef
» diadêmé à la façon des Saints, & a pour inscrip-
» tion en lettres Gothiques DRAGO. REX. ARMEN.
» Le rond de l'autre côté est parti ; au premier est
» un dauphin en pal, au second est une femme
» de profil à demi-corps, échevelée, regardant le
» dauphin, & pour devise à ces mots MONEA. MACRI.
» CHIO. L'autre monnoie a d'un côté une tête d'hom-
» me sans barbe, en forme de buste avec un man-
» teau, & une main qui tient un globe, & pour
» légende DRAG. REX. ARMEN. AGAPI. Le revers est
» semblable à l'autre, tant pour les figures que
» pour l'inscription ; sauf que la tête du dauphin
» ressemble à la tête d'une femme. Ce nom de
» *Drago* étoit fort commun en ce siecle-là, &
» particuliérement parmi les Delmates ».

Je n'ai point vu ces Médailles, & je n'en avois
même jamais entendu parler. Celui qui en a écrit
ce que je viens de vous marquer étoit un Savant du
premier ordre & digne de foi. Ainsi il n'y a pas lieu

ԼԵՒՈՆ ԹԱԳԱՒՈՐ ՀԱՅՈՑ ԸՆԵԱԼ ԻՔԱՂԱՔՆ ԻՍԻՍ

LEON THAKAVUOR HAJUOTZ SCINJAL I KAGHARN I SIS

LEO REX ARMENIORUM CUSUM IN CIVITATE SIS

de douter qu'elles n'exiſtent. On pourroit ſeulement
penſer qu'il n'auroit peut-être pas bien reconnu
les types, à en juger par la maniere dont il les a
décrits ; mais l'explication de ces types ne me paroît pas ſans difficulté, non plus que celle des légendes. Ce n'eſt pas à moi de les interpréter. Je
ne donne que les Médailles que je poſſede & que
je connois ; ſi je vous ai parlé de celles-ci du Roi
Drago, ce n'eſt que parce que la matiere m'y a
conduit & qu'elle ſembloit l'exiger. Il n'appartient
de publier les Médailles du Roi, qu'à ceux à qui le
dépôt & la garde en ſont confiés.

Planche
I.

MEDAILLES IMPÉRIALES.

AUGUSTE, *Tabarca in Numidia.*

LA Médaille d'Augufte rapportée ici fous le Nº.
1, eft celle dont je vous ai communiqué le deffein
en vous marquant qu'elle eft à-peu-près femblable
à celle que j'ai donnée P. III, Pl. cxx. Nº. 9,
& que la différence confifte feulement d'une part
en ce que la tête d'Augufte, qui eft couverte d'une
couronne radiée dans celle-ci, eft repréfentée nue
dans la premiere, & d'autre part en ce que dans la
légende Numidique du revers, outre les cinq caracteres qui paroiffent marquer le nom d'une ville,
il y en a huit autres qui ne font pas fur les diverfes Médailles connues, où le même nom de ville
fe trouve.

J'ai vu par votre réponfe que vous penfez comme moi, que cette Médaille-ci doit avoir été frappée après la mort d'Augufte, fa confecration étant
défignée par fa tête radiée, & que vous croyez même qu'elle a été fabriquée dans l'année dixieme du

regne de Ptolémée, fils & succeffeur de Juba II,
Roi de Mauritanie, comme femblent le marquer
les lettres X Я qui fuivent le nom de la ville. Vous
fondez fans doute votre opinion à cet égard, fur
ce que dans les Médailles purement Latines de Juba
& de Ptolémée, les dates qu'elles contiennent en
chiffres romains font précédées ordinairement de
la lettre R pour *Regni*, ainfi que d'autres Savants
l'ont jugé. Je conviens que ces dates ont beaucoup
de reffemblance avec les lettres X я de la préfente
Médaille, & avec les lettres XX я des Médailles de Juba le pere ; mais fans vouloir combattre
leur jugement, & encore moins le vôtre, vous
me permettrez de vous dire qu'il n'eft guere vraifemblable que ces lettres ayent été mifes dans la
fignification que vous leur donnez au milieu d'une
longue légende qui eft toute compofée de caracteres que vous appellez Numidico-Puniques, parce
que les uns font Numidiques, & les autres Puniques. Pour que les Peuples de Numidie euffent em-
prunté des Romains leurs chiffres ou lettres nu-
mériques, il faudroit fuppofer qu'ils n'en avoient
pas originairement pour écrire des dates en leur
langue. Dans cette fuppofition ils auroient bien pu
à la vérité les employer fur les Médailles de leurs
Rois, pour marquer l'année de leur regne dans

PLANCHE
II.

laquelle elles avoient été fabriquées ; mais pour des Médailles de Villes frappées en l'honneur d'un Empereur Romain, il n'y a pas lieu de croire qu'ils les ayent datées du regne d'un de leurs Rois qui n'y eſt pas nommé, à moins de ſuppoſer encore qu'ils n'avoient pas d'autre maniere de compter les années, ce qui n'eſt pas à préſumer. Je ne comprends pas non plus quelles ſignifications pouvoient avoir les caracteres Numidico-Puniques qui ſuivent immédiatement ces prétendues dates. Toutes celles qu'on trouve ſur les Médailles en d'autres langues terminent ordinairement les légendes.

Vous avez pris la peine de comparer avec la préſente Médaille, les autres Médailles connues ſur leſquelles ſont les mêmes caracteres qu'on croit marquer le nom d'une Ville, ſavoir les trois que j'ai rapportées P. III, Pl. cxx. N°. 9, 10 & 11, & celle que M. l'Abbé Barthélemi a publiés dans une lettre à M. Oliviéri, qui a été imprimée en 1766. Vous avez remarqué que ſur les unes il n'y a que le nom de la Ville, & que ſur les autres les caracteres dont il eſt compoſé, ſont accompagnés d'autres caracteres ſans la lettre R, de ſorte qu'il eſt incertain s'ils y marquent des dates ou s'ils ont d'autres ſignifications. Quant à ceux qui compoſent le nom de la Ville, leſquels, ſuivant ce ſavant Acadé-

micien, peuvent marquer celui de *Tabraca*, ville
fituée en Numidie, ou celui de *Sabrata*, ville de
la Tripolitaine, préférant toutefois cette derniere
leçon à la premiere, vous trouvez que le premier
& le quatrieme caractere qu'il regarde comme douteux, font l'un un *Thau*, & l'autre un *Caph*, &
que par conféquent, au lieu d'attribuer la Médaille à la ville de *Sabrata* qui étoit peu confidérable
& très-éloignée de la Numidie, elle doit être de
Tabraca qui a toujours été une ville de commerce
& de diftinction, laquelle a confervé fon ancien
nom dans celui de *Tabarque*, qu'elle porte encore
aujourd'hui. Je fuis en cela de votre avis, mais
pour les autres queftions & demandes que vous me
faites, je ne fuis point en état d'y fatisfaire, & je
vous confeffe mon infuffifance. Je me contente d'a-
jouter cette Médaille Numidique, à celles que j'ai
déja rapportées, croyant que c'eft affez faire pour
moi que de donner à connoître les Monuments de
cette efpece que le hazard & mes recherches m'ont
procurés, afin qu'ils puiffent fervir à ceux qui plus
inftruits que je ne le fuis, voudront travailler à ap-
profondir cette partie de Littérature qui n'a guere
été qu'effleurée jufqu'à préfent.

PLANCHE
II.

TIBERE, *PARADA in Africa.*

ON ne connoiſſoit qu'une Médaille de moyen
bronze frappée en Afrique, avec la permiſſion du
Proconſul Apronius. Elle eſt de Druſus fils de
Tibere; Vaillant & Havercamp l'ont publiée. J'en
ai une pareille du même Prince, avec le nom du
Proconſul Dolabella, dont j'ai donné la deſcription M. I. page 260.

N°. 3.   Le N°. 3 de cette Planche en préſente une de
Tibere, qui a été frappée pareillement en Afrique
avec le nom d'Apronius, par divers Magiſtrats qui y
ſont auſſi nommés. Ce n'eſt point à cauſe de cette
ſingularité, ni parce que les Médailles de Tibere
en grand bronze ſont fort rares, que j'ai fait graver
celle-ci; mais afin que l'on puiſſe la comparer
avec pluſieurs autres ſemblables que l'on a du même Empereur, frappées avec la permiſſion du Proconſul Dolabella, leſquelles ont été expliquées di-
verſement par les plus célebres Antiquaires, ſur-
quoi j'ai fait quelques obſervations P. I. page 7
& ſuivantes. Le ſujet principal qui a cauſé cette
diverſité dans leurs opinions a été l'interprétation
des lettres C I P qui ſont reparties dans le champ
du revers de ces Médailles. Ils ont cependant jugé
pour

Nº. la médaille de Druſus fils de Tibere rapportée M. I. p. 260. qui a pour
legende C. P. G. CAS. PERM. DOLABELLAE. les deux premieres lettres C. P. doivent être
lûes Colonia Parada, et confirment du moins que la lettre P. deſigne le nom de la Colonie.

pour la plupart que ces lettres devoient être rendues par *Carthago Julia Pia*. J'ai ofé expofer auſſi
mon ſentiment particulier à cet égard, & ſans prétendre que les Médailles en queſtion ne puſſent
être abſolument de *Carthage*, j'ai marqué ſeulement
qu'il me paroiſſoit qu'elles devoient naturellement
avoir été plutôt frappées dans une ville, dont le
nom commençât par la lettre P. parce qu'en général les légendes des Médailles de colonies, ſoit qu'elles ſoient écrites en toutes lettres, ou par abréviation avec des lettres ſéparées les unes des autres
par des points, ſont terminées ordinairement par
le nom de la Ville qui les a fait frapper. Parmi le
grand nombre d'exemples qui s'en trouve, je citerai ſeulement les Médailles de *Sinope*, qui ont pour
légende les lettres C. I. F. S, celles d'*Apamée* en
Bithynie avec les lettres C. I. C. A, celles de *Babba*
en Mauritanie avec les lettres C. I. C. B, & celles
de *Parium* en Myſie avec les lettres C. G. I. H. P.
Je m'arrête à ces deux dernieres Villes, parce qu'on
a auſſi des Médailles de *Babba*, dont la légende
eſt terminée par BA, & de *Parium* avec PA à la
ſuite des quatre autres lettres. Telles ſont les Médailles que j'ai rapportées de *Babba*, ſous Auguſte,
M. I, page 249, & de *Parium*, ſous Commode, page
284. La préſente Médaille de Tibere, fournit un

PLANCHE
II.

V

pareil exemple , la lettre P y étant fuivie au-deffous d'un A, qui ne fe voit fur aucune des autres
femblables, qui ont feulement pour légende les lettres C. I. P. Je crois qu'il feroit difficile à ceux qui
ont rendu ces trois lettres par *Carthago Julia Pia*, de
donner une fignification valable à la quatrieme lettre
A. qu'on ne pourroit prétendre avoir été mife pour
Augufta, après le titre de *Pia*, d'autant moins que les
colonies qui faifoient battre des monnoies n'y mettoient communément leur nom, qu'après les titres
dont elles fe décoroient. J'avois déja dit , que les
Médailles dont il s'agit , pouvoient être attribuées
à quelque Ville des environs du Cap *Bon* (appellé
en Latin *Promontorium Mercurii*) s'il s'y en trouvoit qui eût un P pour initiale de fon nom. Maintenant il faut que la Ville qui a fait frapper la
préfente Médaille de Tibere , ainfi que les autres
qui ont femblablement pour type au revers la figure
de Mercure affis fur un rocher , ait eu un nom qui
commençoit par les lettres PA. Or je trouve juftement que la ville de *Parada* étoit peu éloignée de
ce Cap, fuivant ce qu'en dit Hirtius, & que Cel-
larius la place même proche de *Carthage*, dans la
carte qu'il a donnée de cette partie de l'Afrique.
J'eftime donc que ces Médailles doivent être de
cette Ville non-feulement par cette raifon ; mais

encore parce que de toutes les autres Villes qui étoient
dans cette contrée, c'eſt la ſeule dont le nom ait
pour initiale la lettre P. Il eſt vrai qu'Hirtius eſt le
ſeul Auteur ancien qui faſſe mention de la ville de
Parada, & qu'il rapporte qu'elle fut brûlée par la
cavalerie de l'armée de Scipion, en paſſant de *Tha-
pſe* à *Utique*; mais ne ſe peut-il pas que, comme il
arrivoit preſque toujours en pareil cas, elle ait été
rebâtie enſuite par ceux de ſes habitants qui avoient
échappé au feu & au fer de ces troupes paſſageres?
Et s'il n'eſt point dit qu'elle ait été faite colonie,
n'a-t-on pas des Médailles de pluſieurs autres colonies, dont aucun Auteur n'a fait mention?

  Je ne ſais, Monſieur, ſi toutes ces raiſons ſuffi-
ront pour lever vos doutes. Vous pourrez ne les
prendre que comme des conjectures ; mais au moins
les trouverez-vous appuyées de vraiſemblances &
d'exemples. Je ne me ferois pas auſſi étendu que je
l'ai fait, ſi ſur le peu que je vous avois marqué de
mon opinion touchant les Médailles en queſtion,
vous ne m'aviez pas répondu que la matiere méritoit
d'être diſcutée & approfondie, & ſi vous ne m'a-
viez pas paru penſer qu'elles ſont de la ville de
Carthage; car en me demandant comment j'entends
qu'on doit lire la légende C. C. I. P. de la Médaille
d'Auguſte au revers d'Agrippa, que j'ai rapportée

PLANCHE
II.

V ij

P. I, page 5 , & pourquoi il y a sur cette Médaille un second C qui ne se trouve pas sur les autres, vous croyez apparemment que ces quatre lettres sont pour *Carthago Colonia Julia Pia.* Je vous répondrai d'abord que j'estime qu'elles peuvent être lues de deux autres manieres, savoir *Colonia Campestris Julia Parada,* ou *Colonia Concordia Julia Parada.* Voici surquoi je me fonde pour donner au second C la signification de *Campestris.* La ville de *Parada* étoit vraisemblablement située en pleine campagne puisque la cavalerie d'une armée y passa , la cavalarie prenant toujours dans ses marches libres les chemins les plus spacieux & les plus faciles où elle peut trouver des fourrages. C'est par rapport à sa situation que cette Ville aura pu s'appeller *Campestris,* de même que la ville de *Babba* qui avoit le même nom de *Campestris ,* comme le dit Pline, & comme on le voit par la plupart des Médailles que nous en avons. *Parada* pouvoit aussi avoir pris le titre de *Concordia,* comme la ville d'Apamée & quelques autres, mais la premiere leçon me paroît préférable. A l'égard de votre observation sur ce que ce second C qui est sur la Médaille d'Auguste & d'Agrippa n'est pas sur celle de Tibere , vous n'ignorez pas sans doute que les colonies ne marquoient pas toujours sur leurs monnoies tous les titres qu'elles fe donnoient, & qu'elles les multi-plioient & les changeoient affez fouvent fuivant les circonftances & les événements. Ainfi il n'y a aucune conféquence à tirer de ce que cette lettre C de la Médaille d'Augufte manque fur celles de de Tibere. Tout ce que je puis ajouter à cette longue réponfe, c'eft que je ne connois aucune Médaille qui foit nommément de la colonie de *Carthage*, toutes celles que Vaillant lui a référées étant de *Sinope*, d'*Apamée* ou de quelqu'autre ville.

TIBERE, *Damas in Syria.*

Je ne joins à la précédente Médaille de Tibere, celle de ce Prince préfentée fous le N°. **2**, que parce que ni la date ni le type qu'elle contient ne fe trouvent point fur les Médailles de *Damas*, qui ont été publiées jufqu'à préfent. On peut voir ce qui a été dit par le favant Cardinal Noris, tant fur ce qui regarde cette Ville que fur l'ere dont elle marqua fes années fur les Médailles qu'elle fit frapper depuis le regne de Tibere jufqu'à celui d'Hadrien. Perfonne n'ignore que le caducée qui eft repréfenté pour type fur celle-ci étoit un fymbole de paix, & un attribut de Mercure.

N°. 2.

GERMANICUS, *Tanagra in Boetia.*

ON ne connoît que très-peu de Médailles Impériales frappées à *Tanagra* en Bœotie. Vaillant n'en
a rapporté qu'une feule : encore étoit-elle mal confervée, comme je l'ai marqué M. II, page 22, elle
eft de Germanicus en petit bronze. J'en ai donné
une autre de Trajan, P. III, page 199. Il y en
avoit auffi une de Marc-Aurele, dans le Cabinet de
Theupolo. J'en ai acquis une feconde de Germanicus
N°. 4.   en moyen bronze qui eft ici rapportée fous le N°.
4. Le type du revers mérite d'être remarqué, ce
font les trois Graces repréfentées debout en face
fe tenant par les mains ; elles y font habillées, &
non pas nues comme elles le font le plus fouvent
dans les anciens Monuments, & fur quelques Médailles non communes. Il y a lieu de juger que les
Tanagriens voulant flatter Germanicus, & lui faire
leur cour d'une façon particuliere, avoient fait
ainfi repréfenter fous l'image des Graces fes trois
filles, favoir Agrippine, Drufille & Julie Liville.
Au furplus je n'attribue cette Médaille à Germanicus, que parce que la tête qui eft y repréfentée lui
reffemble, la légende qui étoit autour fe trouvant
prefque entiérement effacée.

NÉRON, *Ephesus in Ionia.*

JE ne doute point, Monfieur, que dans votre
fuite de Médailles Impériales en argent, il n'y en
ait plufieurs de Vefpafien, de Tite & de Domitien avec des types différents, où l'on voit dans le
champ & à l'exergue des lettres qui n'ont point
de rapport avec les légendes ni avec les types;
ces lettres font EPE fur les unes, & EPHE fur
les autres, dont quelques-unes ont dans ce mot le
P lié avec le premier jambage de la lettre H, &
l'E avec le fecond jambage. Il eft marqué dans le
tréfor de Morel, publié par Havercamp, que ces fortes de lettres, qu'on ne trouve fur aucune Médaille des autres Empereurs, défignent qu'elles ont
été frappées à *Ephefe.* Si d'autres Antiquaires en
ont dit quelque chofe de plus, je ne me le rappelle
pas. Elles exigeroient cependant de plus grands
éclairciffements, ainfi que celle de Néron, que je
donne dans cette Planche fous le N°. 5.

N°. 5.

Cette Médaille finguliere, & peut-être unique,
n'a pour légende au revers que les deux lettres E P
entre lefquelles eft repréfentée une figure de femme
debout, la tête voilée portant la main droite à
fon fein, & tenant de la main gauche un petit tem-

ple. Je ne m'arrêterai point à vous parler de cette figure de femme qui peut être regardée comme la grande Prêtreſſe (*) d'un Temple particulier qui auroit été érigé à Néron dans la ville d'*Epheſe.* J'obſerverai ſeulement que la Médaille, quoique Latine, paroît être par ſa fabrique l'ouvrage d'un Artiſte Grec, & que les lettres E P du revers ne peuvent y être que pour les premieres du nom de cette ville : ce qui me ſemble le montrer évidemment ce ſont pluſieurs Médailles Grecques que l'on a, où ſon nom n'eſt marqué de même que par les deux ſeules letttres E Φ. entre leſquelles ſont différents types.

Mais on peut bien ne pas trouver cette raiſon ſuffiſante pour réſoudre les autres difficultés que ces Médailles préſentent, & former ſur cela les queſtions ſuivantes, ſavoir :

1°. D'où vient que la ville d'*Epheſe*, qui n'étoit pas colonie Romaine, a fait fabriquer des Médailles Latines en argent, & en bronze, comme l'eſt celle-ci de Néron; tandis qu'elle en a fait frapper beaucoup d'autres avec des légendes Grecques pour Néron même, ainſi que pour Veſpaſien & ſes fils,

(*) Spon rapporte dans ſes *Miſcellanea eruditæ Antiquitatis* une inſcription par laquelle on voit qu'une femme appellée Ariſtion étoit Ἀρχιέρεια grande-Prêtreſſe d'un Temple à *Epheſe.*

&

& pour tous les autres Empereurs, à compter d'Augufte jufqu'à Gallien.

2°. Pourquoi n'en a-t-on de Latines de cette
forte que fous Néron, Vefpafien & fes fils, fans
que jufqu'à préfent il s'en foit trouvé de femblables
frappées avec le nom d'aucune autre Ville.

3°. Comment peut on former le nom d'*Ephefe*,
avec les lettres Latines EPE qui fe lifent très diftinctement fur plufieurs de celles de Vefpafien.

Je vais répondre à ces trois queftions, comme fi
vous me les aviez faites vous-même.

1°. La ville d'*Ephefe*, fous l'Empire Romain, &
même auparavant étoit regardée comme la principale & la premiere des villes de la province d'Afie.
Auffi prenoit-elle, en effet, le titre de ΠΡΩΤΗ
ΑΣΙΑΣ fur fes monnoies. Son Temple de Diane le
plus magnifique & le plus grand qu'il y eût alors au
monde, y attiroit un concours de Peuples de toutes
les Nations. C'étoit l'abord ordinaire de ceux qui
alloient par mer en Afie, & même les Proconfuls
Romains, que le Sénat de Rome nommoit au
Gouvernement de cettte Province, étoient dans
l'obligation d'aborder à *Ephefe*, pour aller delà en
prendre poffeffion. L'Hiftoire & les Médailles nous
apprennent que cette ville, où il y avoit toujours
beaucoup de Romains, avoit érigé des Temples

X

PLANCHE
II.

particuliers à Augufte, & à d'autres Empereurs. C'eft vraifemblablement à l'occafion des facrifices & des fêtes folemnelles qui s'y célébroient en leur honneur, qu'ont été fabriqués les Médaillons d'argent que nous avons, entre autres de Claude, de Vefpafien & d'Hadrien, avec la légende DIANA EPHESIA, & le type de cette Déeffe. Ces Médaillons qui n'étoient point frappés pour avoir cours comme monnoies dans le Public, étoient deftinés à ce qu'on croit, pour être donnés en préfent non-feulement aux perfonnes les plus diftinguées de la ville ; mais auffi aux Proconfuls, & à leurs Officiers principaux dans la Province, & peut-être même à ceux qui la protégeoient ou qui pouvoient la protéger à Rome, dans le Sénat & auprès des Empereurs. Il n'y a aucune comparaifon à faire des Médaillons de cette forte avec les petites Médailles d'argent dont il s'agit. Celles-ci font femblables aux autres Médailles Latines d'argent que l'on a de Vefpafien, de Tite & de Domitien. Elles font de même poids & de même forme, ont des légendes & des types pareils, & n'en different que par les lettres mentionnées ci-devant qui font dans le champ du revers, ou à l'exergue. Pour venir à la caufe qui a pu les y faire mettre, je vous dirai d'abord, ce que perfonne n'ignore, favoir qu'au commencement de

l'Empire Romain, les Empereurs, en laiſſant au
Sénat de Rome la fabrication des monnoies de
bronze, s'étoient réſervés celle des monnoies d'or
& d'argent, & que la ſolde des troupes étoit ordinairement payée par-tout en monnoies Impériales
d'argent. C'eſt par cette raiſon ſans doute qu'on
en a trouvé juſqu'à préſent une ſi grande quantité dans toutes les contrées de l'Europe, de l'Afrique, & de l'Aſie où les Empereurs avoient porté
la guerre. Mais comme il n'étoit guere poſſible d'en-
voyer de Rome autant d'argent monnoyé qu'il en
falloit pour le paiement des armées qui en étoient
fort éloignées, on en faiſoit fabriquer en pluſieurs
villes de diverſes Provinces, leſquelles étoient ſemblables en tout à celles qui étoient frappées à Rome,
& les lieux (que nous appellons Hôtels de Monnoies) où ſe fabriquoient ces Médailles Impériales
Latines, étoient diſtincts & ſéparés de ceux où ces
villes faiſoient battre leurs monnoies Grecques à
l'uſage de leurs habitants, ſur chacune deſquelles le
nom de la ville étoit toujours marqué, & le plus
ſouvent celui de ſes Magiſtrats. Puiſque c'eſt donc
contre l'uſage que le nom d'*Epheſe* ſe trouve ſur
diverſes Médailles d'argent de Veſpaſien & de ſes
fils, il y a lieu d'en conclure qu'il faut que n'y
ayant point alors en cette ville d'Hôtel des Mon-

noies, deftiné à la fabrication des Médailles Latines Impériales, on les ait fait frapper dans celui
de la ville, qui pour cela y a fait infcrire fon nom.
Peut-être auffi eft-ce qu'elle les aura fait fabriquer
de fon propre argent, pour fournir aux troupes
de la province d'Afie, la folde qui leur manquoit,
ou pour d'autres dépenfes dont les Empereurs étoient
tenus, & auxquelles ils n'avoient pas pourvu. Elle
étoit affez puiffante & affez riche pour avoir pu
donner un pareil fecours à ces Princes, auxquels il
paroît qu'elle étoit dévouée.

2°. Suivant les remarques précédentes, il eft
aifé de répondre à la feconde queftion. La ville
d'*Ephefe* ne s'eft pas trouvée apparemment fous
d'autres Empereurs, dans le cas de faire battre
pour eux des Médailles dans fon Hôtel des Monnoies;
& fi fur les diverfes Médailles Impériales en argent
qui ont été frappées en d'autres Villes, on ne voit
point le nom de ces Villes, c'eft qu'elles y ont été
fabriqués en des Hôtels de Monnoies que les Empereurs y avoient fait établir. Il n'étoit pas befoin alors
de mettre le nom des Villes fur des Médailles à
la fabrication defquelles elles n'avoient aucune part.
Cependant fous le bas Empire, on trouve le nom
de quelques villes fur diverfes Médailles Impériales.

3°. Celui qui a gravé les Médailles d'argent,

fur lefquelles il a écrit le nom d'*Ephefe*, par les
lettres EPE étoit un Artifte Grec, comme je vous
l'ai déja marqué. Il prononçoit apparemment le P
Latin, comme le Φ Grec, & employoit également
l'un pour l'autre. C'eft de quoi on a plufieurs exemples ; vous en verrez un autre ci-après dans la légende d'une Médaille de Sev. Alexandre, frappée
à *Tyr*, où le mot *Phœnice* eft écrit par PENICE.

    Au refte il n'en eft pas de la Médaille de bronze
de Néron, où l'on voit au revers les lettres EP
pour légende, comme de celles en argent de Vefpafien & de fes fils. Elle doit avoir eu une deftination différente. Le type du revers qui repréfente
une Prêtreffe avec un Temple défigne évidemment,
à mon avis, qu'elle a été frappée, comme les
Médaillons d'argent ci-devant mentionnés, à l'occafion de quelque fête, ou plutôt de quelques facrifices folemnels qui avoient été, ou devoient être
célébrés dans ce Temple pour la confervation &
la profpérité de Néron. Je ne fais point à quel
ufage ces fortes de Médailles de fi peu de valeur
étoient deftinées. Ne pouvoient-elles pas être données, foit pour aumône aux pauvres du bas peuple,
foit pour permiffion d'entrer dans le Temple à
ceux qui defiroient affifter aux facrifices qui devoient y être offerts pour l'Empereur ? On peut

PLANCHE
II.

N.a fur toutes les petites médailles greques de Néron en argent qui ont à leur revers ΔΡΑΧΜΗ pour legende, il y a pareillement les lettres EPE

former fur cela d'autres conjectures, & je ne ferai pas furpris qu'on en donne de plus fatisfaifantes.

NÉRON, *Laodicea in Syria.*

N° 6.

PUISQUE vous avez jugé, Monfieur, que le Médaillon en argent de Néron, dont vous avez vu le deffein, ne méritoit pas moins d'être donné que celui d'Hadrien que j'ai rapporté, M. I. Pl. VIII, je l'ai fait graver dans la préfente Planche fous le N°. 6. Il eft vrai que les Médaillons en argent de cette forte qui contiennent des noms de villes & des époques, font fort rares, & que je n'en con-nois point d'autres que ces deux-là qui ayent été frappés pour des Empereurs dans la Ville Mariti-me de *Laodicée* en Syrie. Vous me demandez d'où vient qu'on en trouve fi peu ; à quoi ils pouvoient avoir été deftinés par cette Ville célebre , dont on ne connoît point d'autres Médailles d'argent , & quelle fignification l'on doit donner aux lettres, ou mots abrégés que l'on voit fur le Médaillon de Néron. Je vous réponds que *Laodicée* bâtie par Sé-leucus Nicator , ayant toujours été fous la domi-nation des Rois de Syrie, ou des Romains, n'avoit jamais eu la liberté de faire battre des monnoies d'argent ; mais que par rapport aux Médaillons qui

n'étoient point deftinés à avoir cours, comme monnoies, elle en avoit fait fabriquer de deux fortes.
Les uns étoient autonomes tels que celui que j'ai
rapporté, P. II. Pl. LXXIX. Ce Médaillon qui eft
peut-être unique de cette efpece, & qui contient
une date de l'année dixieme, depuis que cette ville
avoit obtenu le privilege d'autonomie, fut fabriqué
fuivant les apparences à l'occafion des réjouiffances
publiques, des jeux & des facrifices folemnels qui
étoient célébrés dans chaque Ville le premier jour
de l'année civile. Il y a tout lieu de croire que les
autres Médaillons qui font au nom & à l'image
des Empereurs, étoient frappés à l'anniverfaire de
leur avénement à l'Empire, lequel étoit célébré pareillement par des fêtes & par des facrifices, & que
ces Médaillons Grecs avoient la même deftination
que les Médaillons d'argent Latins, dont j'ai fait
mention dans l'article précédent de la Médaille en
bronze de Néron frappée à *Ephefe.* Quant aux lettres & demi-mots qui font fur le Médaillon en
queftion, je dois vous dire que l'on a une grande
quantité de Médailles en bronze de *Laodicée,* avec
les têtes de Domitien, de Trajan & d'Antonin,
lefquelles ont au revers le même type d'une tête de
femme tourelée, & autour de ce type beaucoup
de lettres, de mots abrégés & de monogrammes,

fi variés qu'il n'eſt guere poſſible qu'ils puiſſent être,
comme il me ſemble que vous l'avez penſé, des
titres ou attributs de la Ville qui les a fait frapper, & qu'il convient de s'en tenir à l'opinion
commune qui eſt que ces mots abrégés & monogrammes ſont des commencements de noms, ſoit
de Magiſtrats ou de Monétaires, ſoit des ſymboles ou
marques qui déſignoient les lieux de leur fabrication.

TRAJAN, *Gaza in Paleſtina.*

No. 7.
JE n'ai rien à obſerver ſur la Médaille de Trajan
préſentée ſous le N°. 7, ſi ce n'eſt que parmi toutes celles que Vaillant a rapportées de la ville de
Gaza, frappées au nom des Empereurs Romains,
il n'y en a aucune de Trajan. Ce n'eſt que par
cette raiſon que je la donne, l'année PNΘ. 159,
qui y eſt marquée étoit la troiſieme de ſon regne,
ſuivant l'ere que ſuivoit cette Ville, laquelle avoit
commencé en l'année 693 de la fondation de Rome.

CARACALLA, H*eraea in Arcadia*.

N°. 8.
JE vous préſente ſous le N°. 8. de cette Planche
une Médaille de l'Empereur Caracalla frappée à
Heraea, ville d'Arcadie, laquelle a pour type au
revers

revers la figure d'un fleuve couché & appuyé de
fa gauche fur une urne avec un bœuf debout à fes
pieds. On n'avoit encore vu aucune Médaille de
cette Ville qui étoit fituée fur le bord du fleuve
Alphée, & c'eft ce fleuve fans doute qui eft repréfenté fur la Médaille, où le bœuf qui lui eft joint
défigne qu'il y avoit aux environs de bons pâtu-
rages.

Il eft fait mention de la Ville en queftion dans
plufieurs Auteurs Grecs & Latins, & particuliérement dans Paufanias qui, par la defcription qu'il en
fait, donne à connoître que c'étoit une Ville qui
avoit été très-confidérable, & qui fubfiftoit encore
de fon temps. Ils la nomment tous Ηραια, mais
fuivant Etienne de Byzance l'habitant appellé communément Ηραιευς, étoit auffi appellé fans *Iota*
Ηραευς, dont le génitif pluriel étoit Ηραεων, comme
il eft écrit fur la Médaille, d'où il s'enfuit que
cette Ville doit avoir été auffi appellée HPAEA,
& c'étoit apparemment fon véritable nom, puifqu'elle fe le donnoit fur fes monnoies. Au refte il
n'eft pas étonnant qu'elle ait fait frapper des Médailles pour Caracalla. Plufieurs autres villes d'Arcadie en ont fait frapper pareillement pour Sept.
Sévere & pour Julia Domna, Caracalla, Plautille &
Geta. J'en ai rapporté de *Mégalopolis*, de *Caphya*,

Y

d'*Orchomene*, de *Tégée*, de *Phiala* & de *Pfophis*.

PLAUTILLE , *Mothone in Peloponnefo.*

JE NE crois pas qu'il ait été publié jufqu'à préfent d'autres Médailles de la ville de *Mothone*, que les deux que j'ai rapportées , l'une de Julia Domna , & l'autre de Geta. C'eft à caufe de la rareté des Médailles de cette Ville, que je donne encore fous le N°. 9 celle qui y a été auffi frappée en l'honneur de Plautille. Je me remets aux remarques que j'ai faites touchant la Ville en queftion, M. I , p. 99.

N°. 9.

PLAUTILLE , *Adana in Cilicia.*

LE grand Médaillon de Plautille qui eft ici rapporté fous le N°. 10, a été frappé dans la ville d'*Adana* en Cilicie à l'occafion du mariage de cette Princeffe avec Caracalla, comme on le voit par le type du revers où l'un & l'autre font repréfentés debout fe donnant la main. On connoiffoit déja un autre Médaillon de Plautille, contenant un pareil type , frappé auffi en Cilicie dans la ville de *Tarfe;* mais on n'en avoit encore vu aucun de la ville d'*Adana* , & celui-ci eft le troifieme qui ait paru jufqu'à préfent avec la tête & le nom de cette

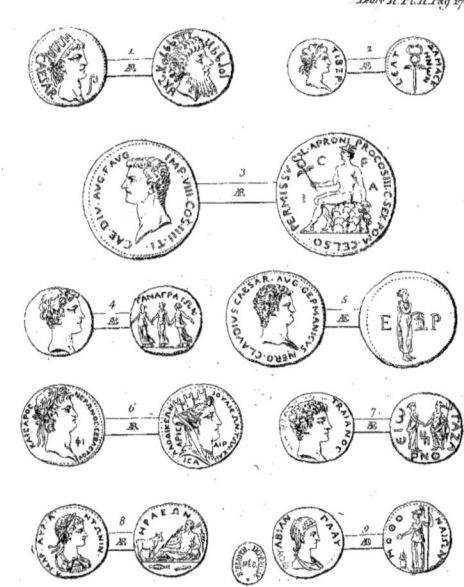

Impératrice, dont les Médailles en grand bronze
font auffi très-rares. Le prénom de *Fulvia* qu'elle
portoit, y eft écrit par ΦΟΥΛΟΥΙΑ, au lieu que
fur toutes fes autres Médailles connues, il eft écrit
par ΦΟΥΛΒΙΑ. C'eft une petite particularité dont
j'ai cru devoir faire mention, quoiqu'il n'y ait rien
en cela qui doive paroître étrange, vu que la lettre B, & les lettres ΟΥ étoient prononcées par les
Grecs de même que les Latins prononçoient l'V
confonne.

La contre-marque qui eft fur le préfent Médaillon
n'exige point que j'ajoute rien aux obfervations que
j'ai faites fur les contre-marques en général *Supp.* II,
pages 61, 84 & 91. Je vous dirai cependant que
voyant toujours que les Médaillons Grecs font
tous détériorés plus ou moins par le frottement,
je me perfuade de plus en plus que ces défectuo-
fités, proviennent de l'ufage auquel ils ont été
employés dans les Villes qui y avoient fait im-
primer ces contre-marques pour leur donner cours
comme monnoie dans le commerce.

Quant à la ville d'*Adana*, où celui-ci a été
frappé, trouvez bon que je vous renvoye à une
favante Differtation de M. l'Abbé Belley, que
vous verrez bientôt dans le Tom. XXXV des Mémoires de l'Académie, que l'on imprime actuelle-

Y ij

ment. Il y donne avec fon exactitude ordinaire
toutes les connoiſſances qu'on peut defirer fur ce
qui regarde cette Ville.

SEVERE ALEXANDRE,
Cyzicus in Myſia.

N°. 11.   Je donne ici fous le N°. 11, la Médaille de
Sévere Alexandre, dont vous m'avez marqué avoir
admiré le deſſein ; mais il ne me paroît pas qu'elle
puiſſe fournir matiere à une Diſſertation comme
vous le penſez, & dans le peu que nous avons
de l'Hiſtoire de cet Empereur, ne trouvant rien
qui indique préciſément à quelle occaſion elle peut
avoir été frappée, je ſuis obligé de me borner à
quelques conjectures ſeulement ſur les types qu'elle
contient. L'Empereur y eſt repréſenté ſur un côté
en Pacificateur, ayant la main droite élevée & étendue. C'étoit une de ſes belles qualités qui lui
avoient gagné le cœur des Peuples, dont jamais
Souverain ne fut plus aimé. Ce type peut bien avoir
rapport à quelqu'un des traités de paix qu'il fit durant ſon regne ; mais quel a été celui qui fut l'objet de cette Médaille, vainement voudroit-on entreprendre de le ſpécifier. Le revers offre quelque
choſe de plus particulier & de plus remarquable.

Les deux urnes qu'on y voit fur une table, & les
deux branches de laurier qui font au-deffous avec
un vafe à anfes indiquent des fêtes & des jeux
publics que la ville de *Cyzique* fit célébrer en l'honneur de l'Empereur, & en celui de Mamée fa mere,
ou de Salluftia-Barbia-Orbiana fa femme, ce qui eft
marqué d'une maniere diftinguée & extraordinaire
par leurs têtes pofées en regard fur les deux urnes
qui vraifemblablement devoient être données après
la célébration des jeux à ceux qui y auroient remporté le prix : voilà ce qu'il y a de plus fingulier
dans cette Médaille, pareil type ne fe trouvant
fur aucune autre que je connoiffe. Il n'eft guere
poffible de diftinguer quelle eft celle des deux Prin-
ceffes qui y eft repréfentée fur une urne. A en juger
par les traits du vifage qui paroiffent fins & déli-
cats, il y auroit lieu de croire que ce feroit Salluftia-Barbia-Orbiana, & dans ce cas la Médaille
pourroit avoir été frappée à l'occafion de fon mariage avec l'Empereur, événement qui avoit occa-
fionné fans doute des réjouiffances publiques dans
toutes les villes de l'Empire ; mais outre que les
Peintres & les Déffinateurs ont toujours flatté les
femmes dans leurs portraits, & que nous avons des
Médailles de Mamée où elle eft figurée avec un air
de jeuneffe ; on la trouve repréfentée avec fon fils

PLANCHE
III.

fur beaucoup d'autres Médailles, & jufqu'à préfent
on n'en a découvert qu'une ou deux d'Orbiana
frappée en fon nom au revers de Sévere Alexandre,
& ce font même ces Médailles qui l'ont fait reconnoître pour avoir été femme de cet Empereur, aucun des anciens Auteurs qui nous reftent n'en
ayant parlé. On fait que durant fon regne Mamée
s'étoit arrogé la principale part du Gouvernement,
& que ne pouvant fouffrir qu'une autre qu'elle fût
appellée Augufte, elle fit exiler fa premiere femme nommée Memmia, dont on ne connoît point
de Médaille qui foit véritablement antique, & peut-
être eft-ce à fon caractere impérieux & jaloux qu'on
doit attribuer qu'il en ait été frappé fi peu où Sévere
Alexandre & Orbiana foient repréfentés enfemble.

SÉVERE ALEXANDRE,
Tyrus in Phœnicia.

N°. 12.

LA Médaille de Sévere Alexandre préfentée fous
le N°. 12, eft-celle dont je vous ai ci-devant parlé;
elle eft bien confervée. On y lit fur le revers autour d'un Temple SEP. TYRO. METROP. COL. PENIC.
Peut-être pourroit-on foupçonner que la premiere
lettre de ce dernier mot feroit une F, mais c'eft
un P très-bien formé qui y a été employé pour

.un Φ comme fur la Médaille de Néron frappée
à *Ephefe*. Il me paroît qu'on ne peut guere douter

que ce mot PENIC n'ait été écrit pour PHOENIC,
& qu'ainfi la ville de *Tyr* ne s'y foit qualifiée de
Métropole de *Phénicie*, ce qui a peu d'exemples.
Il n'y a guere d'autres Médailles de Villes colonies fur lefquelles il foit marqué de quelle province elles étoient Métropoles, que celle-ci &
celles du même Empereur frappées à *Carrhæ* en
Méfopotamie, dont j'ai fait mention P. II, page
14 & fuivantes, où j'ai donné la vraie leçon d'une
pareille Médaille qui avoit été mal lue & mal ex-
pliquée par les plus célebres Antiquaires. Il s'agit
maintenant de favoir d'où vient que la ville de *Tyr*
a pris fous cet Empereur le titre infolite de Métropole de *Phénicie*. Je vais tacher de vous en dévoiler
la caufe. Il me faut pour cela remonter à la fource.

La ville de *Tyr* & celle de *Sidon* s'étoient dif-
putées anciennement la primauté jufqu'à en venir à
une guerre ouverte entr'elles. L'Empereur Augufte
mécontent de l'une & de l'autre, les priva toutes
deux de leurs prétendus droits & des dignités qu'elles
s'arrogeoient. Hadrien rendit à *Tyr* le titre & les
privileges de Métropole. Septime Sévere les lui con-
firma en la faifant colonie, & lui donna de plus la
permiffion de s'appeller *Septimia* de fon nom,

comme on le voit par des Médailles qu'elle fit frapper depuis avec la légende SEP. TYRO. METROP. COL.
tant pour cet Empereur, & pour Julia Domna fa
femme, que pour Caracalla, Plautille &. Geta.
Après la mort de Caracalla, cette Ville fe déclara
pour Macrin au préjudice d'Elagabale durant la
guérre qui furvint entre ces deux prétendants à
l'Empire, & pour l'en punir, Elagabale lui ôta
enfuite les titres de Métropole & de Colonie qu'il
transféra à la ville de *Sidon.* Incontinent après &
pendant tout fon regne cette derniere Ville fit fabriquer une infinité de Médailles, dont il nous refte
une grande quantité de cet Empereur, & plufieurs
de Julia Paula, d'Annia Fauftina, de Soæmias, de
Mæfa, & même quelques-unes de Sévere Alexandre
qui font du commencement de fon regne. Cependant les Tyriens voulant regagner les bonnes graces d'Elagabale ne laifferent pas de faire battre des
monnoies en fon nom & en ceux d'Aquilia Severa,
de Mæfa, & de Sévere Alexandre *Céfar* ; mais fans
s'y qualifier d'aucun titre, & en mettant feulement
au revers TYRIORUM pour toute légende. Vaillant en rapporte pourtant trois avec les titres de
Métropole & de colonie qu'il attribue à Elagabale ;
fur l'une defquelles eft, felon lui, la tête de cet
Empereur accolée avec celle de Mæfa fon ayeule,

d'où

d'où il infere que cette Princeſſe protégeant les
Tyriens qui lui étoient attachés, pouvoit l'avoir engagé à rendre à leur Ville les titres & privileges
qu'il leur avoit ôtés; mais il avoue en même-temps
que la légende qui étoit autour de ces deux têtes
ſe trouvoit non liſible, étant entiérement effacée.
Quant aux deux autres Médailles il ſe peut bien
que ce ſoit la tête de Caracalla, qui y eſt repréſentée & non celle d'Elagabale, attendu que ces
deux Princes, qui portoient le même nom & prenoient les mêmes titres ſur leurs Médailles, ſe reſ-
ſembloient d'ailleurs, de maniere qu'il eſt ſouvent
difficile de les diſtinguer. Quoi qu'il en ſoit, la préſente Médaille frappée au nom de Sévere Alexandre,
Empereur & Auguſte, fait voir qu'elle eſt de ſon
regne, & que c'eſt lui qui remit, à l'excluſion de
la ville de *Sidon*, celle de *Tyr* en poſſeſſion de
ſes anciens titres de Colonie & de Métropole. Ce
fut alors pour cette Ville une victoire éclatante
remportée ſur ſa rivale, & il n'eſt pas à douter
que la joie publique ne s'y manifeſtât auſſi-tôt par
des fêtes, par des actions de graces envers l'Empereur & envers les Dieux, & par des ſacrifices qui
furent célébrés en cette occaſion ; ce qui eſt indiqué par le Temple repréſenté ſur cette Médaille,
où le titre que *Tyr* y prend nommément de Mé-

Planche
III.

Z

tropole de *Phénicie* marquoit qu'en cette qualité ſa
preéminence & ſa juriſdiction s'étendoient ſur la
ville de *Sidon*, ainſi que ſur toutes les autres villes
de *Phénicie*. Depuis cette époque, on ne trouve
point que *Sidon* ait fait frapper ni Médailles Latines, ni même des Médailles Grecques pour aucun
Empereur; *Tyr* au contraire n'a point ceſſé d'en fabriquer avec les titres de Colonie & de Métropole
ſous le regne des Empereurs ſuivants, juſques &
compris celui de Gallien.

Malgré ce que je viens de vous marquer ſur le
mot PENIC de la Médaille en queſtion, je ne prétends point qu'on ne puiſſe abſolument lire d'une
autre maniere les lettres qui la compoſent, ni en
donner une meilleure interprétation. La Médaille
ne perdroit rien pour cela de ſon mérite qui conſiſte particuliérement en ce qu'elle éclaircit & fixe
un fait hiſtorique, & en ce qu'on n'en connoît
point d'autres ſemblables qui ayent été frappées à
Tyr ſous le regne de Sévere Alexandre, ſi ce
n'eſt celle qui eſt décrite dans le *Muſeum Theupoli*
avec la légende SEP. TURO. MET. COLO. ſans les autres
lettres PENIC, qui ont peut-être été omiſes dans la
deſcription, ſoit parce qu'elles étoient effacées,
ſoit parce qu'on ne ſavoit pas ce qu'elles pouvoient
ſignifier.

VOLUSIEN, *Anazarbus in Cilicia.*

Sɪ la Médaille de Voluſien préſentée ſous le N°. 13, a quelque mérite, c'eſt que l'on trouve fort peu de Médailles Grecques de ce Prince, & qu'on n'en avoit encore vu aucune de lui frappée à *Anazarbe*, ni aucune autre de cette Ville avec le type d'Apollon, qui eſt repréſenté au revers de celle-ci. L'Artiſte Grec qui en a gravé le coin s'eſt mépris en y figurant renverſée la lettre M qui eſt précédée d'un A & ſuivie d'un K. Vous ſavez ſans doute que pluſieurs ſavants Antiquaires ſe ſont occupés de l'interprétation de ces trois lettres A. M. K. qui ſe trouvent ordinairement ſur les Médailles de *Tarſe* & d'*Anazarbe*, & qu'ils n'ont pu s'accorder ſur la ſignification qu'elles doivent avoir ; mais ce que vous ne ſavez peut-être pas encore, c'eſt que M. l'Abbé Belley a jugé à propos d'examiner leurs diverſes opinions à cet égard, dans une Diſſertation qu'il a lue à l'Académie, où, après les avoir diſcutées, il propoſe de ſa part une interprétation de ces lettres qui eſt plus probable, & mieux fondée que toutes les autres. Je ne vous dis point en quoi elle conſiſte dans la crainte de ne vous en pas donner une idée juſte. J'aime mieux

N°. 13.

Z ij

vous renvoyer à la Diſſertation imprimée dans le XXXIe. Volume des Mémoires de l'Académie.

VOLUSIEN , Blaundos in Phrygia.

JE joins à la précédente Médaille de Voluſien celle en grand bronze du même Empereur , pré-

N°. 14. ſentée ſous le N°. 14, laquelle a été frappée dans la ville de *Blaundos* en Phrygie avec le type d'une Amazone à cheval qu'on ne voit ſur aucune de celles de cette Ville, qui ont été publiées par Vaillant. Ce n'eſt que par rapport à ce type ſingulier que je l'ai fait deſſiner & graver n'ayant rien à en dire de plus que ce que j'en ai marqué M. II. page 88, en y décrivant un pareil type qui ſe trouve ſur une Médaille de Marc-Aurele frappée dans la même Ville. Quant aux lettres MAKE écrites pour Μακεδονων à l'exergue de la préſente Médaille, ainſi que ſur quelques autres, elles ſont voir que les Peuples qui habitoient la ville de *Blaundos* , étoient en partie Macédoniens d'origine.

MICHEL VIII. PALEOLOGUE.

Vous n'êtes pas, Monſieur, du nombre de ceux

N°. 15. qui mépriſent toutes les Médailles du bas Em-

pire, & particuliérement celles des derniers Empereurs Grecs, tant à caufe de leur mauvaife fabrique, que parce qu'on ne peut guere diftinguer à
qui appartiennent celles des Empereurs qui portoient le même nom. Vous penfez que la Médaille
d'or de Michel Paléologue, dont je vous ai parlé,
mériteroit d'être publiée par rapport aux fingularités qu'elle préfente ; & en m'excitant à la donner, vous m'avez enjoint de tâcher de découvrir à
quelle occafion il y a fait mettre fon nom de famille, & le type qui s'y voit & qu'on ne trouve fur
aucune autre Médaille connue. Il eft vrai que ce
type eft fingulier & digne d'être remarqué. fur le
côté concave, aux pieds de Jefus-Chrift affis, eft
l'Empereur à genoux qui femble lui être préfenté
par la Vierge, laquelle eft debout derriere lui &
le foutient des deux mains. Aux côtés de la tête
de Jefus-Chrift font les lettres IC. XC. & devant
celle de la Vierge la lettre M. Je ne m'arrête pas
à la fignification de ces lettres qui eft bien connue,
mais au nom de Paléologue qui fait partie de la
légende qui eft autour de ce type, favoir MIXAHΛ.
ΔΕCΠΟΤ. Ο. ΠΑΛΕΟ. On a bien des Médailles de
quelques Empereurs de la famille des Comnenes
qui y ont ajouté à leur nom celui de Comnene ;
mais on n'en connoiffoit point encore où fe trou-

PLANCHE
III.

vât celui de Paleologue qui eſt ſur celle-ci. Cela joint au type qu'elle contient me fait juger qu'elle eſt du premier Empereur de la famille des Paléologues lequel s'appelloit Michel. Il étoit le huitieme Empereur de ce nom, & il voulut apparemment en ajoutant celui de Paléologue au ſien, ſe diſtinguer par-là de ceux de ſes prédéceſſeurs appellés auſſi Michel qui étoient de la famille des Comnenes.

Je reviens au type de la Médaille, & je crois qu'il a rapport à l'événement qui a fait remonter les Grecs ſur le trône de Conſtantinople, que les Princes Croiſés avoient envahi en 1204. Michel Paléologue s'étoit fait déclarer Empereur à la fin de l'année 1259 par l'armée des Grecs qu'il commandoit en Bithynie, dans le temps que régnoit à Conſtantinople Baudouin II. le dernier des Princes François qui poſſéderent cette Ville, dont ils s'étoient emparés 55 ans auparavant. Dans le ſiege que Paléologue en fit faire, elle fut emportée par ſurpriſe. Il y entra en triomphe l'année ſuivante, & en chaſſa tout ce qui y reſtoit de François. Ce Prince à qui l'on a reproché des cruautés qu'il avoit exercées juſqu'alors, gouverna enſuite avec douceur & équité, & il montra beaucoup d'humanité, de charité & de piété. Son zele pour la Religion le porta même à entreprendre de réunir l'Egliſe Grecque avec l'Egliſe Latine, à quoi il ne réuſſit pas ; mais il ſuffit qu'il ait eu les vertus qu'on lui a attribuées, pour faire juger que le type de cette Médaille eſt un témoignage public qu'il a voulu donner de ſa foi, qui lui faiſoit reconnoître que c'étoit à Jeſus-Chriſt & à la Vierge, qu'il devoit ſon élévation à l'Empire, & la réduction de Conſtantinople à ſon obéiſſance; ſur l'autre côté convexe on voit dans tout ſon circuit une muraille avec des tours & des portes qui repréſentent l'enceinte de cette Ville, au milieu de laquelle eſt une autre figure de la Vierge repréſentée en face les mains étendues comme étant la Protectrice & la Patrone de cette Capitale de l'Empire. Aux côtés de ſa tête ſont les lettres MP & ΘΥ, c'eſt-à-dire, ΜΗΤΗΡ ΘΕΟΥ. *Mater Dei.*

Je vous obſerverai à cette occaſion que l'on a pluſieurs autres Médailles d'or d'Andronic qui ont le même revers, & pour type de l'autre côté l'Empereur proſterné aux pieds de J. C. ſans la figure de la Vierge. Quelques Antiquaires les ont attribuées à Andronic Comnene ; mais leur conformité avec celle-ci de Michel Paléologue fait voir qu'elles ſont d'Andronic II ſon fils, qui les aura fait fabriquer à l'imitation de celles de ſon pere, avec le même type de la Ville de Conſtantinople, qu'on ne trouve ſur aucune Médaille des Empereurs leurs prédéceſſeurs.

MÉDAILLE d'un Empereur François à Conftantinople.

VOUS convenez, Monfieur, qu'on n'a vu jufqu'à préfent aucune Médaille des Princes François
qui dans le treizieme fiecle ont occupé à Conftantinople le trône des Empereurs Grecs, depuis
l'année 1204 jufqu'en 1261, & vous me demandez fur quoi je me fonde pour attribuer à quelqu'un de ces Princes, celle qui eft préfentée ici fous

Nº. 16. le Nº. 16 dont je vous ai communiqué le deffein.
Voici ce que j'ai à vous dire pour fatisfaire à votre
demande.

A l'exception de la légende qui eft écrite en
caracteres Gothiques, cette Médaille reffemble entiérement à celles que nous avons des Empereurs
des familles des Ducas, des Comnenes & des
Paléologues, qui ont régné depuis la moitié du
onzieme fiecle jufqu'à la fin de l'Empire. Ces
Médailles font de même fabrique, de même forme,
concave d'un côté, & convexe de l'autre, de
même métal; c'eft-à-dire, d'or mêlé d'alliage, &
elles repréfentent la plupart, comme celle-ci, l'Empereur debout fur un côté, & fur l'autre côté la
figure de Jefus-Chrift affis, type qui ne fe trouve
que

que fur les Médailles des Empereurs Grecs. On
ne peut fuppofer qu'ils en ayent jamais fait fabriquer
avec des légendes en caractères Gothiques, qui
n'étoient point en ufage dans les pays de leur
domination ; mais vous favez qu'alors on s'en fer-
voit affez communément en France, & en plufieurs autres contrées de l'Europe. Il y a par conféquent lieu de croire que les Princes François
auxquels ces caractères étoient propres & ufuels, ont
pu les employer fur leurs monnoies en les faifant
faire de même forme, & de même poids que les
monnoies Grecques, afin qu'elles puffent avoir également cours. On connoît des Médailles en femblables caractères de nos Rois, & des Rois d'Ecoffe
& de Suede qui font à-peu-près du même-temps.

Vous trouverez fans doute que tout cela n'eft
pas à beaucoup près une explication complete de
la Médaille en queftion. Il eft vrai que l'effentiel
y manque, favoir l'interprétation de la légende,
& la connoiffance du Prince qui y eft repréfenté.
Je vous avoue franchement qu'ici *aqua mihi hæret.*
J'avois penfé d'abord que ce Prince étoit Henri
frere & fucceffeur de Baudouin I, & je croyois même voir fur la Médaille les premieres lettres de
fon nom ; mais foit que les autres lettres foient
des initiales de mots, ou des mots abrégés, foit que

PLANCHE
III.

Aa

la légende ait été écrite en une autre langue que
la Latine, il ne m'a pas été poſſible d'en découvrir la ſignification. Si elle n'eſt pas intelligible
pour moi, elle le ſera pour ceux qui ſont plus ver-
ſés que je ne le ſuis dans la lecture des écrits
en ces ſortes de caracteres. C'eſt à eux qu'il doit
être réſervé de nous l'expliquer. Au ſurplus ce qui
doit faire trouver moins extraordinaire qu'un Empereur François, occupant le trône des Grecs à
Conſtantinople, ait fait frapper des Médailles en
caracteres Gothiques, ce ſont les monnoies du Roi
d'Arménie Latin ou François, appellé *Drago* dont
j'ai parlé ci-devant, leſquelles ont été frappées dans
le même temps à-peu-près avec des légendes en
lettres Gothiques; tandis que les Médailles que
nous avons d'autres Rois précédents d'Arménie ſont
en caracteres Arméniens. L'épitaphe de Léon V,
dernier Roi d'Arménie, mort en 1393, eſt pareillement écrite en lettres Gothiques.

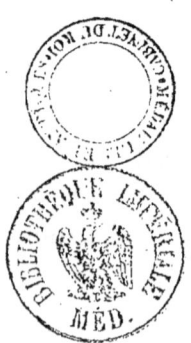

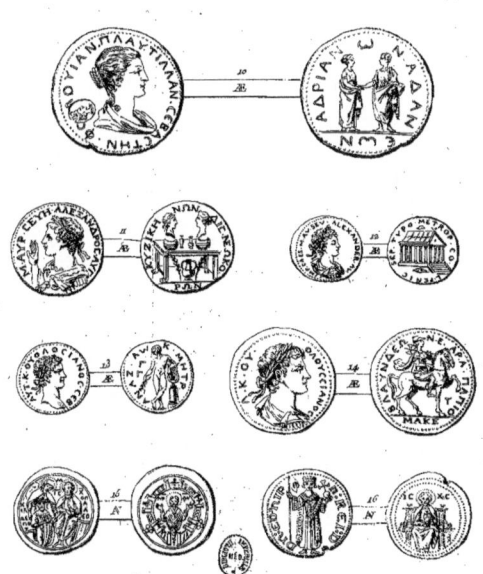

MÉDAILLES

DE PEUPLES ET DE VILLES.

A E N U S, in Thracia.

La Médaille d'argent préfentée fous le N°. 1, eft femblable à une de celles qu'Havercamp a publiées, d'après Paruta dans fes Commentaires (*) fur les Médailles de Sicile, excepté qu'au lieu d'AINI. qui fe lit très-diftinctement au revers de celle-ci, ils ont cru voir M. AINONT. dans les lettres reparties autour du fanglier. Leur Médaille étoit apparemment mal confervée de ce côté-là. Sans donner la fignification de ces prétendues lettres M. AINONT qui devoient former le nom d'AINION, ils ont attribué la Médaille, à la ville d'*Abacænum* en Sicile, conféquemment aux lettres ABAK qui font de l'autre côté devant la tête qui y eft repréfentée, & ils ont pris cette tête pour celle de Jupiter.

(*) Tome VII. *Antiquit. & Hift. Italiæ, Siciliæ, &c.*

Aa ij

PLANCHE IV.
N°. 1.

Mais en comparant l'une & l'autre Médaille à
toutes celles que l'on a de la ville d'*Aenus* en
Thrace , il paroît évidemment qu'elles font de cette
Ville dont le nom y eft le plus fouvent écrit par
les lettres AINI , & que les lettres ABAK font les
premieres d'un nom de Magiftrat , de même que
celui d'ANIAΔAΣ. (*) qui eft fur une des Médailles de la même Ville que j'ai rapportées P. I.
Pl. xxxiii. N°. 11. On y voit fur la fuivante
N°. 12 , une tête à longue barbe toute femblable à celle qui eft fur les deux en queftion , laquelle ne repréfente point Jupiter , mais Neptune ,
divinité qui étoit particuliérement révérée dans les
Ville maritimes , telle que l'étoit *Aenus* , & non
pas *Abacænum.*

La différence qu'il y a entre le type du fanglier qui eft fur les deux Médailles dont il s'agit ,
& le type de la chevre qu'on voit fur la plupart
de celles d'*Aenus* qui ont été publiées , ne détruit point ce qui conftitue leur principale conformité.

Au refte s'il faut retrancher la ville d'*Abacænum*
du nombre de celles dont on a des Médailles Grec-

Nª M. le Prince de Torremuzza
qui a une collection immense de
medailles de Sicile en possede une
qui a pour legende ABAKAININΩN
avec une tête de femme sur un
coté et un taureau a mi-corps de
l'autre coté.

(*) Les villes de Thrace mettoient
affez fouvent le nom de leurs Magiftrats fur leurs monnoies , tantôt du
côté de la tête , tantôt au revers ,
comme on le voit entre autres fur
celles d'*Abdere* , d'*Apollonie* , de *Byzance* & de *Maronée.*

ques, ce n'eft point à dire qu'elle n'ait point eu
d'autres monnoies. Elle en a fait frapper en carac-
teres Puniques, comme je l'ai marqué *Supp. IV. p.* 76. *cependant toutes réflexions
faites, cette médaille doit être rapportée à la ville d'Abaccenum, et ce mot AINI est selon toutes
les apparences le commencement d'un nom de Magistrat.*

ANTIOCHIA ad Orontem in Syria.

La petite Médaille de bronze que préfente le
N°. 2, m'eft venue d'*Alep* en Syrie, elle m'a été
envoyée pour Médaille ancienne de cette Ville.
La légende étant ΧΑΛ. ΕΤΟΥΣ. ΔΙΡ. On a pris
les lettres ΧΑΛ pour les premieres de Χαλεπ nom
d'*Alep*, tel qu'il eft écrit par les Auteurs Grecs
qui en ont parlé d'après les Arabes Mahométans
qui l'appelloient de ce nom, lorfqu'ils la prirent
dans le VIIe. fiecle fous le regne de l'Empereur
Héraclius. Je ne m'arrête point à la queftion de
favoir fi cette Ville étoit celle qui étoit appellée auparavant *Hierapolis*, ou fi c'étoit celle qui portoit le
nom de *Bérée*, comme divers Auteurs modernes
le prétendent. J'obferve feulement que la fabrique
de la Médaille & l'époque qui y eft marquée font
connoître qu'elle eft certainement d'un temps fort
antérieur à celui où la ville d'*Alep* commença
à être appellée du nom de Χαλεπ.

Il y auroit lieu de l'attribuer plutôt à la ville
de ΧΑΛκις Capitale de la Chalcidene, contrée qui

N°. 2.

étoit contiguë à la Cyrrheſtique où étoit ſituée la
Ville appellée aujourd'hui *Alep*. Le grand commerce qui ſe fait dans cette derniere Ville y aura
fait porter la Médaille en queſtion. On y en trouve
de toutes les autres Villes des environs, & c'eſt d'*A-
lep* que nous viennent pour l'ordinaire les Impériales que nous avons depuis Auguſte juſqu'à Commode
avec la légende ΦΛ. ΧΑΛΚΙΔΕΩΝ. Les époques
ou dates que contiennent quelques-unes de ces
Médailles , procedent d'une ere qui avoit commencé en l'année 845 de Rome ſous le regne de
l'Empereur Domitien , & conſéquemment la date
de l'année ΔΙΡ , 114 qu'on voit ſur la préſente
Médaille , tomberoit en l'année 958 de Rome
ſous le regne de l'Empereur Sept. Sévere. On en
a de Commode avec l'année *q* , 90 qui tombe en
l'année 934. Tout cela ſemble s'accorder avec notre Médaille d'autant plus qu'on ne peut la référer
à aucune des autres Villes dont le nom commence
par ΧΑΛ , & qu'on a établi pour regle générale
que ſur toutes les Médailles autonomes qui contiennent des époques , les lettres qui accompa-
gnent ces époques marquent , ſoit en entier , ſoit
en abrégé , le nom des Villes qui les ont fait frapper. Quelque bien fondée que ſoit cette regle , je
crois qu'elle peut être ſujette à des exceptions , &

fans prétendre que cette Médaille ne foit pas abfolument de la ville de *Chalcis* , je vais vous expofer les raifons qui me font penfer qu'elle pourroit avoir été une monnoie de la ville d'Antioche
fur l'Oronte.

Elle eft d'une fabrique tout-à-fait différente de
celle des Médailles que l'on a de *Chalcis* frappées
au nom des Empereurs. Celles-ci font d'un goût
de deffein fort commun & même affez groffier ,
au lieu que la nôtre autonome paroît être l'ouvrage d'un Artifte habile. La tête qui y eft repréfentée eft fur-tout d'une forme élégante, & elle
reffemble parfaitement en cela à diverfes autres
Médailles d'*Antioche* , fur lefquelles on voit d'un
côté la même tête, & de l'autre côté de pareilles
dates avec des types différents. Plufieurs de ces
Médailles qui n'ont pour légende que des époques
ou dates, font reconnoiffables pour être d'*Antioche*, quoique le nom de cette Ville n'y foit point
infcrit, non plus que fur celle dont il eft ici queftion. La date ΔIP, 114 qu'on y voit, procédoit non
pas de l'ere Flavienne de l'année 845 que fuivoient
les Chalcidiens, mais de l'ere Julienne qui avoit
commencé en l'année 705 de Rome , & cette
date tomboit en la onzieme du regne de Néron,
dont on a beaucoup de Médailles & de Médaillons

PLANCHE
IV.

en argent frappés à *Antioche* avec la même date.
Jusqu'à préfent on n'en connoît point de la ville
de *Chalcis*, au nom de cet Empereur.

Les rapports qui fe trouvent entre tant de Médailles d'Antioche & la nôtre, fuffiroient, ce me
femble, pour l'adjuger à cette Ville ; mais il refte
à favoir ce que fignifient les lettres ΧΑΛ qui n'y
marquent point un nom de Ville. J'eftime qu'elles
y ont été mifes par abréviation pour ΧΑΛκου. Nous
voyons dans les anciens Ecrivains qu'il y avoit une
petite monnoie de cuivre, appellée du nom de
Chalcon qui en marquoit en même temps la matiere & la valeur. On a d'autres Médailles Grecques Impériales & autonomes, où font marqués
pareillement leur nom & leur valeur par les mots
ΔΡΑΧΜΗ , ΔΙΔΡΑΧΜΟΝ , ΑΣΣΑΡΙΟΝ , ΑΣΣΑ-
ΡΙΟΝ,ΗΜΙΣΥ,ΑΣΣΑΡΙΑ,ΔΥΟ & ΤΡΙΑ, ΟΒΟΛΟΣ,
ΔΙΧΑΛΚΟΝ. J'en ai rapporté qui ont ces différents noms pour légende , & je crois pouvoir y
ajouter la préfente Médaille pour un ΧΑΛΚΟΝ. Il
n'eft pas étonnant qu'elle foit d'une fi petite forme
puifque , felon Pollux & Suidas, c'étoit la huitieme
partie de l'obole. D'autres difent qu'il y en avoit
feulement fix à l'obole ; quoi qu'il en foit , celle-
ci ne pefe que 42 grains , & ne devoit faire que
la cinquieme partie d'une obole que j'ai de l'Ifle de
Chio ,

Chio , lequel pefe 205 grains ; mais cela n'eſt pas
extraordinaire , la valeur & le poids de ces fortes
de monnoies de bronze, n'étant pas les mêmes dans
les différentes Villes. Il y avoit de pareilles variétés dans les Médailles d'argent, comme je l'ai déja
marqué.

Parmi un aſſez grand nombre de Médailles
d'*Antioche* qui me font venues d'*Alep* , avec la
précédente , j'en ai trouvé quelques autres qui
n'ont point encore été publiées, telles que les
deux que je donne ici fous les Nᵒˢ. 3 & 4.
Celle qui a pour type deux épis de bled avec
un pavot au milieu fait connoître par ce type que
le territoire d'Antioche étoit fertile & abondant
en grains. Je ne fais ſi ce font des fruits qui font
de chaque côté au pied du pavot, ni quelle peut
en être l'eſpece.

Je n'ai joint l'autre Médaille , que parce que
je l'ai reçue avec les deux autres , & que les
lettres S. C. qui font au revers indiquent que c'eſt
une monnoie d'*Antioche* ; mais je ne fais ce
que peut y fignifier la lettre A fommée d'un
trait horizontal. Ce monogramme ne peut défigner
la prétendue ville d'*Atabyrium* en Sicile , comme
quelques Antiquaires l'ont cru. J'en ai déja fait
l'obfervation *Supp.* II. page 144. A l'égard du fer-

PLANCHE
IV.

Nᵒˢ 3. & 4.

Bb

pent qui y eſt repréſenté avec ces lettres , je n'avois
point encore vu ce type ſur aucune Médaille de
cette Ville. On peut juger que celle-ci a été frappée à l'occaſion de quelque fête célébrée en l'honneur d'Eſculape. La tête de femme voilée qui eſt de
l'autre côté ſemble repréſenter la Piété.

CALPE , in Hiſpania.

LORSQUE je vous envoyai , Monſieur , le deſſein
de la Médaille que j'ai fait graver depuis dans cette
N°. 5.   Planche N°. 5. je vous marquai que ce n'étoit pas
ſans difficulté que je l'avois inférée , comme Médaille de la ville de *Calpe ,* parmi mes autres Médailles de villes d'Eſpagne , & vous me demandates
alors quelles pouvoient être ſur cela mes difficultés.
Je vais y ſatisfaire préſentement en vous rappellant
d'abord ce que vous avez dû voir dans les écrits
de nos Auteurs modernes , ſur la queſtion de ſavoir
s'il y a jamais eu en Eſpagne une ville du nom
de *Calpe.*

Vous ſavez , ſans doute que Strabon a nommé
Κάλπη , une Ville ſituée à quarante ſtades de la
montagne qui portoit le même nom , & qui eſt
celle au pied de laquelle eſt aujourd'hui le port de
Gibraltar. Vous n'ignorez pas non plus que Nicolas

de *Damas* a parlé de cette Ville qu'il appelle Καλπία, & que dans l'Itinéraire d'Antonin, on trouve *Calpe Carteia*, fur la route qu'il décrit de *Malaga* à *Cadiz*. Cafaubon & Bochart ne voyant point de Ville du nom de *Calpe*, dans le nombre de toutes celles dont les autres Auteurs anciens ont fait mention dans cette partie de l'Efpagne, & trouvant au contraire *Carteia* à-peu-près dans la même pofition que la *Calpe* de Strabon, ils ont prétendu que Κάλπη πόλις eft dans cet Ecrivain une faute de copifte qui des manufcrits a paffé dans les imprimés, & qu'il falloit fubftituer Καρτεία à Κάλπη. Le Cardinal Noris & Spanheim ont jugé de leur part qu'il y avoit d'autant moins lieu de faire une pareille correction que dans le Cabinet des Médailles de la Reine Chriftine de Suede, il y en avoit une avec la légende C. I. CALPE qu'on a lue *Colonia Julia Calpe*, & qu'indépendamment du témoignage formel de Strabon, il a été fait mention expreffément de cette Ville par Nicolas de *Damas*, & par Ptolémée ; mais la lecture de la Médaille de la Reine Chriftine ayant été conteftée, ainfi que fon antiquité ; & d'autre part les paffages cités de Nicolas de *Damas*, & de Ptolémée fe trouvant fufceptibles de diverfes interprétations, il a réfulté du partage des Savants

célebres qui ont agité cette queſtion , qu'elle a été
regardée communément comme indécife juſqu'à
préſent.

Je croirois que la Médaille que je donne ici ſuffi-
roit pour lever toute incertitude , ſi elle ne four-
niſſoit pas elle-même des doutes ; elle n'eſt pas d'une
entiere conſervation. Il ſemble que les quatre lettres CALP qui en compoſent la légende ne ſont
pas toutes bien franches , & que quelques-unes ont
été un peu altérées par le frottement , de ſorte qu'il
ne feroit pas impoſſible que ſur une autre pareille
Médaille mieux conſervée , elles puſſent être lues
autrement. On pourroit auſſi objecter qu'il n'eſt
pas vraiſemblable qu'un Artiſte qui avoit à écrire
CALPE , ait omis la derniere lettre ſans y être
contraint faute de place pour le mot entier : voila
les difficultés. Il faut vous dire à préſent ce que la
Médaille a de favorable. Elle eſt venue d'Eſpagne
où l'on aſſure qu'elle a été trouvée. La tête d'Hercule qui y eſt repréſentée convenoit parfaitement
ſur la monnoie d'une Ville qu'on prétendoit qu'il
avoit bâtie ſuivant le rapport de Strabon. Il n'y a
rien à reprocher au type du revers. En général
la Médaille a par ſa fabrique beaucoup de conformité avec celles des autres Villes du même pays ,
& il n'eſt pas ſans exemple que leurs noms y

*Tonemuza a etabli p. 271
que cette medaille appartient
a la ville de Palerme V.
pl. LXI. Eckhel. doctrine
num. Tom. i. p. 293 adopte
Cette opinion et en effet
ce mot CALP paruit plutôt
devoir etre regardé comme
le commencement du mot
CALPurnia que comme celui
de CALPe . . . . A L M.*

foient quelquefois écrits avec des retranchements
de lettres. Sans citer celles où le nom de la Ville
eſt déſigné par la ſeule lettre initiale, on en trouve ſur leſquelles CAR. eſt pour *Carteia* ; CEL.
pour *Celſa* ; OBUL. pour *Obulco* ; EMPOR. pour
Emporiœ. Il y en a beaucoup d'autres où les noms
de Villes ſont abrégés de toute ſorte de façons.

Après vous avoir expoſé le pour & le contre
touchant la Médaille dont il s'agit, c'eſt à vous
préſentement à en juger ; je m'en rapporterai à
votre déciſion.

DYRRHACHIUM, *in Illyria.*

Sɪ la Médaille précédente eſt ſujette à des doutes,
je crois que celle que je donne ſous le N°. *6*, peut
être attribuée ſans difficulté à la Ville de *Dyr-*
rhachium, quoique parmi la très-grande quantité
de Médailles de cette Ville que les Antiquaires
ont publiées, il ne s'en trouve aucune où l'on
voie les deux types qu'elle contient. Elle leur reſſemble ſeulement par la maniere dont le nom de
la Ville y eſt écrit en abrégé, ſavoir par les lettres
ΔΥΡ. qui ſont les trois premieres de Δυῤῥάχιον.
Sur toutes les autres Médailles qu'on en connoît, ſon
nom n'eſt auſſi marqué que par ces trois mêmes

Pʟᴀɴcʜᴇ
IV.

N°. *6.*

lettres. Cette conformité feule pourroit fuffire pour
être fondé à lui référer celle-ci ; mais ce qui fert
encore à faire connoître qu'elle lui appartient, c'eft
d'une part le type du cheval Pégafe volant, & la
tête couverte de peau de lion qui y font repréfentés,
& d'autre part le lieu d'où elle m'eft venue.

Le type du cheval Pégafe volant étoit, comme
l'on fait, un fymbole particulier de la ville de
Corinthe. Toutes les colonies qu'elle avoit établies,
& même les autres Villes qui, fans être du nombre
de fes colonies, étoient habitées par des Corinthiens
mêlés avec d'autres Peuples, employerent fouvent
le même fymbole fur leurs monnoies, foit en mémoire de leur origine, foit en reconnoiffance de
la protection que la ville de *Corinthe* leur avoit
accordée en diverfes occafions. Les anciens Ecrivains qui parlent de la ville de *Dyrrhachium* la
font colonie de *Corcyre*, non pas de *Corinthe*, en
difant que ce furent les Corcyréens qui y en en-
voyerent une ; mais outre que les Corcyréens étoient
eux-mêmes Corinthiens d'origine, ceux dont cette
colonie étoit compofée eurent pour conducteur &
pour chef Phallius qui étoit Corinthien, & l'un
des defcendants d'Hercule, & il eft dit qu'il mena
avec lui d'autres Corinthiens & des Doriens. Dans
la fuite la ville de *Dyrrhachium* étant devenue

très-floriffante par le grand commerce qui s'y faifoit, il arriva qu'elle fut expofée aux incurfions des
Barbares, & qu'ayant demandé des fecours aux
Corcyréens, qui les lui refuferent, elle eut recours
à la ville de *Corinthe* qui fit de grands armements
pour la fecourir; ce qui occafionna la guerre dont
il eft fait mention dans l'Hiftoire fous le nom de
guerre Corinthiaque. Les événements de cette guerre, qu'on peut voir dans Thucydide, n'étant pas
de mon fujet, je m'en tiens aux circonftances que
je viens de rapporter, lefquelles ont vraifemblablement engagé la ville de *Dyrrhachium* à employer
fur fes monnoies le fymbole du Pégafe volant, pour
marque de fon attachement & de fa reconnoiffance
envers la ville de *Corinthe* qu'elle dut en ce temps-
là regarder comme fa métropole.

PLANCHE
IV.

A l'égard de la tête couverte des dépouilles
d'un lion qui eft repréfentée fur l'autre côté de la
Médaille, il y a tout lieu de juger que c'eft celle
d'Hercule jeune, auquel il aura été rendu un culte
religieux à *Dyrrhachium* en mémoire de Phallius
l'un de fes defcendants, qui avoit été le conducteur & le chef des premiers habitants de cette
ville. Arrien rapporte qu'Hercule étoit effectivement
révéré par les Dyrrhachiens comme fondateur de
leur Ville.

J'ai dit ci-devant que le lieu d'où cette Médaille m'eſt venue pouvoit auſſi ſervir à montrer qu'elle eſt de *Dyrrhachium*. Je dois par conſéquent marquer ici qu'elle m'a été acquiſe à Raguſe, ville ſituée proche de l'endroit où étoit anciennement celle de *Dyrrhachium*, laquelle, avant que d'avoir été appellée de ce nom, portoit celui d'*Epidamnus*; elle ſubſiſte encore aujourd'hui ſous celui de *Durazzo*.

N A U P A C T U S , in *Ætolia.*

N°. 7.

LA Médaille de la ville de *Naupacte* que préſente le N°. 7, eſt de même eſpece que la précédente de *Dyrrhachium*. Elle y a marqué pareillement ſon nom en abrégé par les lettres NAϒ. qui ſont les trois premieres d Ναύπακτος, & l'on y voit pour type le cheval Pégaſe volant avec la tête de Pallas ſur l'autre face; en quoi elle reſſemble entiérement aux Médailles de *Corinthe*, & à celles de la plupart des colonies de cette Ville. Il n'eſt point dit cependant que *Naupacte* fut colonie de *Corinthe*; mais elle étoit ſituée ſur la côte d'Ætolie dans le Golfe Corinthiaque, & habitée apparemment par des Corinthiens; ce qui étoit ſuffiſant pour qu'ils puſſent employer ſur leurs monnoies les ſymboles de la Ville, dont ils étoient originaires,

Je ne trouve point que tout ce que je dis ici pour aſſurer cette médaille à la ville de Naupacte ſoit détruit par les obſervations que M. Eckell a faites p. 187. au ſujet d'autres médailles à peu près ſemblables.

ginaires, ainfi que je l'ai obfervé particuliérement
en rapportant des Médailles de plufieurs colonies PLANCHE IV.
de *Corinthe*, P. I. pages 86 & fuivantes. Je ne m'arrêterai point ici à parler de l'origine de *Naupacte*,
appellée aujourd'hui *Lépante*, ni des autres particu-
larités qui concernent cette Ville. Je ne pourrois
que répéter ce qui en eft dit dans l'Hiftoire ancienne & moderne, & dans les Ouvrages de Géo-
graphie où il en eft fait mention. J'ajouterai feulement qu'il n'a été publié jufqu'à préfent qu'une
feule Médaille de cette Ville qu'on voit dans
Goltzius, & qui eft regardée comme très-fufpecte,
ne fe trouvant dans aucun Cabinet, ni dans aucun
Catalogue. Celle-ci eft tout-à-fait différente, d'une
belle confervation & nullement douteufe. Sa forme
& fa fabrique démontrent également fon antiquité.

PANDOSIA, & CROTONE, in Italia.

GOLTZIUS & Paruta d'après lui ont publié deux
Médailles de la ville de *Pandofia* en Lucanie. Ces
Médailles qu'on n'a vu jufqu'à préfent dans aucuns
Cabinets, font réputées fauffes par quelques-uns, &
au moins fufpectes par les autres. Cependant il y
a des Ecrivains qui en ont parlé comme fi elles
exiftoient, & entre autres le P. Hardouin qui a

Cc

jugé qu’elles n’étoient pas de la *Pandofia* de Lucanie,
mais d’une autre Ville de ce nom qui étoit en Epire.
Nulle autre Médaille de *Pandofia* n’a été citée par
les Antiquaires.

N°. 8.
    Celle que je préfente fous le N°. 8 de cette Plan-
che m’eft venue de Naples. Elle eft d’une fort bonne confervation, & d’une haute antiquité comme
il paroît par fa fabrique & par la maniere dont les
légendes y font écrites. On ne peut douter qu’elle
ne foit d’Italie & qu’elle n’appartienne en partie à
une ville appellée *Pandofia*, dont le nom y eft
marqué en abrégé, fuivant l’ufage du pays, par
les lettres Grecques ΠΑΝΔΟ. dont les trois premieres ΠΑΝ font tracées de gauche à droite au-
deffus du type, & les deux autres ΔΟ. de droite à
gauche au-deffous. Ce type confiftant en la figure
d’un bœuf debout qui tourne la tête fur fon dos
fe trouve repréfenté de même fur des Médailles de
la ville de *Sybaris*. Sur l’autre côté eft le nom
abrégé de la ville de *Crotone* qui y eft écrit par les
lettres ϘΡΟ, ainfi que fur beaucoup d’autres Médailles que l’on a de cette Ville avec le type d’un tré-
pied figuré de même que fur celle-ci.

    Cette Médaille finguliere par le nom de *Pandofia*
qu’elle contient d’un côté; ne l’eft pas moins par le
nom de la ville de *Crotone* qu’on y voit de l’autre

côté, ce qui défigne une union ou alliance entre
ces deux Villes. On n'avoit point encore vu le
nom de deux Villes fur des Médailles de la grande
Grece, à moins qu'on n'eftime que c'eft de cette
efpece que font celles que rapporte Goltzius, qui
ont pour légende les unes MAMEPT. BPET. & les
autres MAMEP. MEΣΣH, & qui, fuivant les Antiquaires qui en ont parlé, ont été frappées les premieres par les Mamertins qui habitoient la ville de
Mamertum dans le pays des Brutiens, & les fecondes
par les Mamertins qui s'étoient emparés de la ville
de *Meffine* en Sicile, où dans la fuite ils vêcu-
rent en concorde avec les anciens habitants; mais
cette Médaille-ci contient fur une face le nom &
le type particulier d'une Ville, & fur l'autre face
le nom d'une autre Ville avec fon fymbole différent. Il n'y a point d'exemple, ou du moins je
n'en connois pas, que deux Villes ayent marqué
fur des monnoies leur union ou concorde d'une
maniere auffi finguliere. Cette Médaille & fes pareilles devoient par conféquent être communes,
& avoir cours dans l'une & l'autre Ville, & pouvoient y être également fabriquées, de forte qu'il
n'eft guere poffible de reconnoître dans laquelle
des deux Villes celle-ci a été frappée.

Quoiqu'il ne foit rien dit de l'union qu'il y avoit

eu entre la ville de *Crotone*, & celle de *Pandofia*
dans les anciens Auteurs qui ont parlé de ces deux
Villes, on peut cependant le préfumer de ce qu'ils
ont rapporté, qu'en des guerres que les Crotoniates
avoient eues en différents temps, ils s'étoient alliés
avec plufieurs Villes & entre autres avec celles de
Sybaris & de *Métaponte.*

Comme tous les Géographes n'ont fait mention
que d'une ville de *Pandofia* en Italie, qu'ils ont
placée dans la Lucanie fur le fleuve *Achéron* qui
tomboit dans la Mer Tyrrhéniene, les Auteurs
modernes ne connoiffant que celle-là lui ont attribué les deux Médailles de Goltzius ci-devant citées. S'il s'en trouvoit de pareilles véritablement
antiques, elles pourroient bien être effectivement
de cette Ville. Mais il y en avoit une autre de
même nom dans la Siritide, dont Plutarque & quelques autres Auteurs ont parlé. Il en eft fait mention fur-tout dans les Tables Héracléennes, comme
d'une Ville qui étoit fituée proche d'Héraclée entre les rivieres d'*Aciris* & de *Siris*, qui fe rendoient à la Mer dans le Golfe de *Tarente.* M.
Mazocchi dans fes excellents Commentaires de ces
Tables a cru devoir, en les interpretant, conftater
l'ancienne exiftence de cette feconde ville de *Pandofia*, & pour cet effet il a raffemblé tout ce qui

en eft dit dans les Tables Héracléennes, & les
divers paffages des anciens Ecrivains qui en ont
parlé, directement ou indirectement. Il a difcuté & éclairci ceux qui avoient été mal lus ou
mal entendus, & y a joint des obfervations qui ne
laiffent rien à defirer.

Mais s'il n'eft pas douteux qu'il n'y ait eu dans
la grande Grece deux Villes appellées *Pandofia*,
je trouve qu'il eft difficile de reconnoître quelle
eft celle dont le nom eft écrit fur la préfente Médaille. Je n'entreprends point de le décider, &
je me borne à expofer les raifons que je penfe
qu'on peut alléguer pour l'une & pour l'autre.

On n'en peut guere juger que par rapport à
la ville de *Crotone* qui y eft nommée, & par
le temps où elle doit avoir été frappée relativement
à fa fabrique, aux types qu'elle contient & à la
forme ancienne des caracteres qui en compofent
les légendes. Pour cela il me faut néceffairement
citer des traits de l'Hiftoire de la grande Grece.

La fondation de la ville de *Crotone* eft de l'année 682 avant Jefus-Chrift. Quelque temps après
elle s'allia avec *Sybaris* & *Métaponte*, & enfuite
quand Denis l'ancien tyran de *Syracufe*, porta la
guerre dans la grande Grece en l'année 399 avant
Jefus-Chrift, elle contracta de nouvelles alliances

PLANCHE
IV.

avec d'autres Villes pour leur commune défenfe. Mais
les Crotoniates ayant voulu lui faire lever le fiege de
Caulonia qu'il avoit attaquée, leur armée fut entiérement détruite. La grande perte que cette Ville
fit alors & les malheurs qui lui furvinrent depuis,
la firent déchoir au point que la plus grande partie
des habitants qui y reftoient l'abandonnerent, &
fe retirerent chez les Locriens qui leur avoient
offert de les recevoir. Suivant ces diverfes époques,
l'alliance de *Crotone* avec *Pandofia* doit avoir été
du temps, ou peu à àprès, qu'elle en avoit contracté
avec *Métaponte* & *Sybaris*, parce que cette derniere Ville, dont le fymbole d'un bœuf tournant
la tête fur fon dos fe trouve fur notre Médaille,
fut entiérement détruite vers l'année 500 avant
J. C. Par cette raifon la Médaille peut être attribuée à la *Pandofia* de la Siritide, d'autant plus
qu'elle étoit fituée précifément entre les villes de
Sybaris & de *Métaponte*. Elle ne peut guere être
d'un temps poftérieur, ni de celui de Denis tyran
de Syracufe, parce que les Villes n'employoient
plus les caracteres de forme antique, tels que font
plufieurs de ceux qu'on voit fur cette Médaille,
& qu'elles introduifirent dans leurs monnoies une
fabrique plus belle & plus facile que ne l'étoit
l'ancienne fabrique.

Cependant, pourra-t-on dire, la Médaille en queſtion doit être plutôt de la *Pandoſia* de Lucanie,
parce que c'étoit une Ville célebre, tant pour avoir
été la demeure des Rois d'Oenotrie, que par rapport
à la bataille qu'y perdit Alexandre, Roi d'Epire,
lequel fut tué en traverſant l'*Achéron*. D'ailleurs
on a deux autres Médailles connues de cette Ville.
Il eſt plus probable que *Crotone* avoit fait alliance
avec cette *Pandoſia*, qu'avec celle qu'on prétend
avoir exiſté dans la Siritide, dont le nom eſt mal
écrit & conféquemment incertain dans les Manuſcrits de Plutarque. Les Sybarites après la deſtruction de leur Ville ſe retirerent ſur les côtes de la
Mer Tyrrhenienne, & y bâtirent les villes de *Laus*
& de *Scidrum*, à peu de diſtance de *Pandoſia*,
où quelques-uns d'eux pouvoient bien s'être auſſi
retirés & y avoir fait frapper des Médailles avec le
ſymbole de leur ancienne Ville, de même que le
faiſoient ordinairement les colonies de villes Grecques, & y avoir employé des caracteres de la forme
la plus ancienne, puiſque leur établiſſement en cette
contrée-là n'étoit poſtérieur que de peu d'années
à la deſtruction de *Sybaris*. D'autres Sybarites al-
lerent juſqu'à *Poſidonia* qui étoit déja habitée par
quelques autres Sybarites. On a des Médailles de

cette Ville, foit de ce temps-là, foit d'un temps antérieur lefquelles font de même fabrique, & ont leurs légendes en mêmes caracteres que ceux de la Médaille dont il s'agit.

A ces allégations en faveur de la *Pandofia* de Lucanie, on peut répondre que fi cette Ville eft célebre dans l'Hiftoire par la bataille qu'Alexandre, Roi d'Epire, y perdit avec la vie, la *Pandofia* fituée proche d'Héraclée eft auffi renommée par celle que Pyrrhus y perdit contre les Romains. Quant aux Médailles de Goltzius que l'on cite, elles font trop fufpectes pour en tirer aucune induction valable. Il n'eft pas vraifemblable que des Sybarites dont la Ville avoit été détruite par les Crotoniates ayent pu faire frapper à *Pandofia*, où l'on préfume que quelques-uns s'étoient retirés, une Médaille qui marque une union entre cette Ville & celle de *Crotone*. M. Mazocchi a réfuté pleinement ce qui a été dit du nom de *Pandofia* mal écrit dans quelques Manufcrits de Plutarque. Il eft certain au moins qu'il fe trouve bien écrit en plufieurs endroits des Tables Héracléennes, pour le nom d'une Ville fituée près d'Héraclée. Ces Tables font de l'année 430 avant Jefus-Chrift, fuivant la notice que le favant Interprete en donne. Les caracteres dont elles font

écrites

écrites étoient déja changés & différents pour la plupart des anciens caracteres qu'on voit fur la Médaille de *Pandofia*, ce qui prouve également l'antiquité de cette Médaille, & celle de la Ville dont l'origine n'eft pas connue ; mais qui pouvoit bien n'être pas fort poftérieure à celle d'Héraclée que quelques-uns portent jufqu'aux temps héroïques. Si l'on jugeoit que la Médaille pourroit appartenir à la *Pandofia* de Lucanie par la comparaifon de fa fabrique, & de la forme des caracteres des légendes avec les Médailles de *Pofidonia* fituée fur la Mer Tyrrhénienne, lefquelles font de même fabrique & ont les mêmes caracteres, la *Pandofia* de la Siritide auroit l'avantage à cet égard, en ce que la même conformité fe rencontre entre la Médaille en queftion & celles de plufieurs Villes fituées fur la Mer Ionienne qui étoient voifines ou peu éloignées de *Pandofia*, telles qu'Héraclée, Sybaris, Crotone & Caulonia.

Après avoir rapporté comme je viens de le faire les raifons qui militent pour l'une & pour l'autre *Pandofia*, vous pourrez, Monfieur, adjuger vousmême la Médaille à celle de ces deux Villes que vous trouverez y avoir plus de droit.

Dd

L E T T R E II.

T A R S U S in Cilicia.

LE Médaillon en argent d'Hadrien & de Sabine
que j'ai rapporté M. I, Pl. VIII, n'eſt pas unique,
comme vous le croyez. Il y en avoit un ſemblable
dans le Cabinet de M. le Bret, & il peut y en
avoir d'autres ailleurs ; mais je ne trouve point qu'il
ait été fait mention juſqu'à préſent d'aucun Médaillon autonome de cette Ville en pareil métal,
& ſuivant votre avis, je donne dans cette Planche ſous le N°. 9, celui qui m'eſt venu depuis peu
du Levant. Vous eſtimez qu'il mérite d'être remarqué par rapport à la maniere ſinguliere dont
Apollon y eſt repréſenté, & par rapport aux lettres & monogrammes qu'il contient. Je conviens
avec vous qu'il faut qu'Apollon fût une des divinités
dont le culte étoit établi particuliérement dans la
ville de *Tarſe*, & cependant je ne trouve point
que ce Dieu ſoit repréſenté ſur aucune des Médailles autonom
que nous avons en grand nombre de cette Ville.
Cela n'empêche point que ce Médaillon ne doive
y avoir été frappé en quelque occaſion de fêtes &
de ſacrifices qui y auront été célébrés en ſon honneur ; mais je doute que les lettres & monogram-

mes qu'on y voit, puissent avoir aucune signification relative aux attributs du Dieu qui y est représenté, ni aux titres honorifiques dont la Ville se
décoroit. Il y a beaucoup plus d'apparence que ces
lettres & monogrammes désignoient des noms de
Magiftrats, ou de Monétaires. Il paroît que c'étoit
l'ufage en Cilicie de les marquer de cette maniere
fur les monnoies, comme on le voit non-feulement
par les autres Médailles de *Tarfe* ; mais auffi par
celles que l'on a des villes de *Corycus*, de *Seleucie*,
de *Soli*, & même de l'Ifle d'*Eleufa* qui étoit fituée
fur la côte de Cilicie.

MÉDAILLE *incertaine.*

Tout ce que je puis dire de la Médaille fans
légende, rapportée fous le N°. 10, c'eft qu'elle
m'eft venue de Syrie, & je ne la donne que par
rapport à fa fabrique qui fait connoître qu'elle
eft des premiers temps où l'on commença à battre
des monnoies. Du refte j'ignore où elle a été trouvée, & quelle peut être la Ville qui l'a fait frapper. Le poiffon qui y eft repréfenté à demi-corps
m'eft pareillement inconnu. Je laiffe aux Natura-
liftes à découvrir quel eft fon nom, & quelles font

D d ij

les côtes de Mer ou les rivieres qui le produifent.
Il y a toute apparence que ce poiffon dont la moitié eft feulement repréfentée fur la Médaille, fe
vendoit par morceaux comme fe vendent ici le
faumon, l'éturgeon & divers autres poiffons, &
qu'il fe faifoit auffi commerce dans le même lieu
de l'autre petit poiffon qui eft figuré dans fon entier
au-deffous du premier. On voit par beaucoup d'autres Médailles que les Villes faifoient fouvent repréfenter fur leurs monnoies les productions particu-
lieres qui leur étoient propres.

*O B S E R V A T I O N fur la Médaille de la Famille
Lollia, inférée dans le cul-de-lampe ci-après.*

CETTE Médaille ne fe trouve point dans le
Thefaurus Morellianus, où ont été raffemblées
toutes les Médailles connues de la famille *Lollia,*
dont étoient ceux qui portoient le nom de *Palikanus.* Dans tout ce nombre il n'y en a que deux
où ce nom foit infcrit, lefquelles font d'argent.
Suivant celle-ci, qui eft de bronze, le *Palikanus*
qui y eft nommé fans prénom, étoit *Préteur* fous
le regne d'Augufte, ce qu'on ne voit point par
les autres Médailles, & il exerçoit cette charge

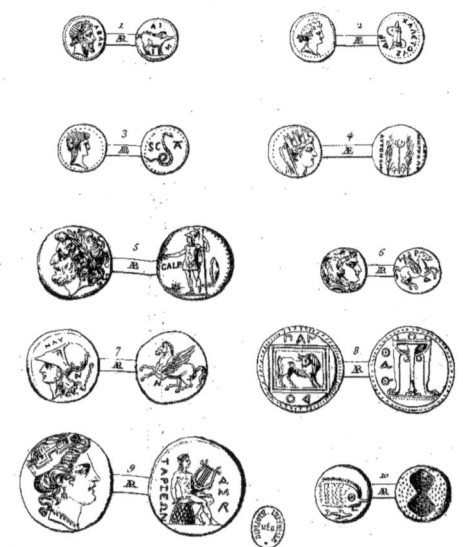

dans la Cyrénaïque, comme le font connoître fa
fabrique & le lieu d'où elle m'eſt venue , favoir de
Tripoli en Barbarie. Dans mon Recueil P. I. page
xj , j'en ai rapporté pluſieurs autres de divers
Magiſtrats Romains qui ont été frappées dans la
même contrée.

PLANCHE
IV.

TABLE
Pour les deux Lettres contenues dans le présent Volume.

A.

Fin de la Table.

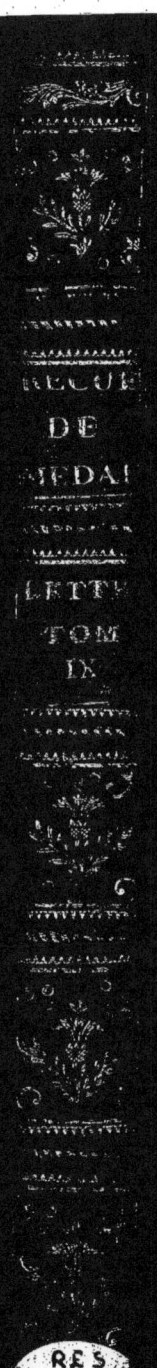

RECUE
DE
MEDAI

LETT
TOM
IX

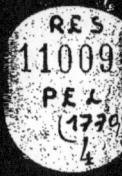